El inventor
de juegos

Pablo De Santis

El inventor de juegos

ALFAGUARA MR

JUVENIL

SERIE ROJA

JUVENIL

SERIE ROJA

EL INVENTOR DE JUEGOS

D. R. © del texto: Pablo De Santis, 2003
D. R. © de las ilustraciones: Max Cachimba, 2003
D. R. © Aguilar, Altea, Taurus, Alfaguara S.A., 2003

D.R. © de esta edición:
Editorial Santillana, S.A. de C.V., 2014
Avenida Río Mixcoac 274, Col. Acacias
03240, México, D.F.

Alfaguara Juvenil es un sello editorial licenciado a favor
de Editorial Santillana, S.A. de C.V.
Éstas son sus sedes:

Argentina, Bolivia, Chile, Colombia, Costa Rica, Ecuador, El Salvador,
España, Estados Unidos, Guatemala, México, Panamá, Paraguay, Perú,
Puerto Rico, República Dominicana, Uruguay y Venezuela.

Primera edición en Alfaguara México: 2003
Primera edición en Santillana Ediciones Generales, S.A. de C.V.: marzo de 2007
Segunda edición en Santillana Ediciones Generales, S.A. de C.V.: octubre de 2010
Primera edición en Editorial Santillana, S.A. de C.V.: abril de 2014
Primera reimpresión: noviembre de 2014

ISBN: 978-607-01-2233-0

Impreso en México

A mis hermanas,
Silvana y María Laura

PRIMERA PARTE

El ganador del concurso

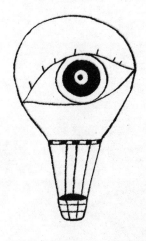

PARQUE DE DIVERSIONES

Quienes hayan desplegado alguna vez el tablero de El juego de Iván Dragó habrán notado que en una de las primeras casillas está el dibujo de la vuelta al mundo, una de esas ruedas gigantes que había en los viejos parques de diversiones. Aunque no es la casilla donde empieza el juego, es la que elegimos para comenzar nuestra historia.

Los padres siempre esperan de sus hijos esa cosa tan extraordinaria: un niño común. Los padres de Iván Dragó no eran diferentes. Por eso cuando lo llevaron al parque de diversiones y vieron cómo los otros chicos participaban de los juegos sin ninguna clase de temor, quisieron que su hijo hiciera lo mismo.

Ese día Iván cumplía siete años, y parte del regalo era la visita al parque. El señor y la señora Dragó le ofrecían boletos para una cosa y para otra, pero todo le daba miedo. Había oído de niños perdidos para siempre en las vías del tren fantasma, conductores aplastados en la pista de los autitos chocadores, amantes del vértigo despeñados al vacío desde las alturas de la montaña rusa.

Iván sabía que sus padres esperaban que se decidiera por uno de los juegos. No quería desilusionarlos, y casi estaba dispuesto a aceptar alguno. ¿Cuál tortura sería más leve o menos prolongada? Su madre le ofreció una vuelta en la calesita. Pero el padre dijo que era demasiado grande para ese juego, e Iván, con aire de complicidad entre hombres, se rió. En realidad la calesita le parecía no menos siniestra que los otros juegos, a causa de esos gigantescos búfalos y toros y rinocerontes, que quizás eran auténticos animales embalsamados... Una ligera llovizna lo salvó de más dudas. Ahora el único juego era el regreso a casa.

Pero el padre no parecía conforme. A pesar de que Iván tosió dos, tres veces, como para que la preocupación de su madre por su salud apurara el paso hacia la salida, el señor Dragó se detuvo frente a la kermesse. En una tienda había que dispararle a unos patos de latón que recorrían cansados un prado manchado de óxido; en otro puesto había que embocar unas pelotas de trapo en la boca de un dragón. En la última tienda figuraba como blanco el capitán de un barco pirata, cuyo único enemigo verdadero era una tripulación de polillas. El señor Dragó eligió el tiro a los patos.

—¿Qué hay de premio? —preguntó. El encargado del puesto, un hombre alto, de aire fúnebre, lo miró desconfiado, como si pensara: al que de veras le importa acertar, no le interesan los premios. Después señaló en la pared una serie de trofeos.

—Con cinco aciertos se lleva el auto rojo —anunció el hombre alto, pero antes de que llegara a señalarlo, Iván falló el primero de sus tiros.

—Con cuatro, el Batman —y el hombre alto mostró un muñeco cuya cabeza estaba a punto de desprenderse. En nada conmovió el disparo de Iván la apesadumbrada marcha de los patos.

—Con tres, el mamut.

Pero el elefante prehistórico, en lugar de servir de premio, sirvió de blanco y cayó al suelo.

—Con dos, la lancha de latón —la voz del encargado del puesto ya dejaba entender que no creía que hubiera ninguna relación entre los premios y los disparos. Describía los trofeos sólo porque era su deber.

—Y con uno...

Pero a Iván ya no le importaba el insignificante premio que se pudiera conseguir con un solo blanco, porque su último tiro, aunque se acercó más que los otros a la hilera de patos, no hirió a ninguno. Dejó la escopeta junto a las otras y se alejó muy veloz para no darle tiempo a su padre de pagar una nueva ronda de disparos. El padre lo siguió con cierta lentitud, como si no terminara de comprender qué era lo que había fallado.

—¡Un momento! ¡El premio consuelo! —gritó el hombre alto, abandonando por un instante su aire de tristeza.

Y le arrojó algo que dio a Iván en la cabeza. Era una revista de historietas en blanco y negro. Se llamaba *Las aventuras de Víctor Jade*. El ejemplar había sido leído muchas veces y la ilustración de tapa estaba descolorida por el sol. Pero era un premio mejor que los otros. Había sido un acierto no acertar.

LAS AVENTURAS DE VÍCTOR JADE

En los días siguientes Iván leyó la revista una y otra vez. Le costaba un poco entender la historia, porque era una aventura que había comenzado muchos capítulos antes. Al pie del último cuadrito aparecía la palabra *continuará*.

Víctor Jade era un millonario que vivía en una gran mansión oculta en una isla y que sólo salía de allí para luchar contra sus enemigos. No tenía ningún poder sobrehumano: apenas contaba con su prodigiosa inteligencia, con la fuerza que le había quedado de su pasado como experto en lucha grecorromana y con su ilimitada capacidad para fabricar máquinas. El más peligroso de sus enemigos era el doctor Equis: un hombre pequeño de manos gigantescas, que dejaba como marca personal la letra de su nombre.

En las últimas páginas de la revista encontró una serie de avisos que ofrecían cursos por correspondencia. Enseñaban a ser dibujante de historietas, detective privado y astronauta.

¡Inscríbase ya! A vuelta de correo recibirá todo el equipo necesario.

También encontró el cupón de un concurso. La Compañía de los Juegos Profundos invitaba a participar de un torneo. Lo que más intrigó a Iván era que el aviso no decía nada de lo que recibiría el ganador:

...razones de fuerza mayor nos obligan a mantener en reserva tan extraordinario premio hasta el momento en que sea elegido el triunfador...

Para participar había que inventar un juego, cualquier clase de juego, y enviarlo a la casilla de correo número 7.777, Trasatlántico Napoleón, a nombre de Compañía de los Juegos Profundos, S. A.

Su madre lo vio tan entusiasmado trazando diagramas de juegos futuros que le preguntó qué estaba haciendo.

—Quiero mandar un juego a este concurso.

La madre leyó el aviso.

—Debe de ser una trampa. De otra manera dirían cuál es el premio.

Su madre no entendía nada. ¿Qué premio podía ser tan extraordinario como el hecho de que no mencionaran premio alguno? Inclusive un viaje por el mundo tenía sus límites y sus plazos... pero un premio sin nombre podía ser imaginado y vuelto a imaginar, y nunca se gastaría...

—Además es una revista vieja —dijo su madre—. El concurso debe haber terminado hace muchos años.

Iván estuvo a punto de darle la razón, algo que no hacía nunca. Pero leyó cuidadosamente el aviso en busca de alguna mención a un plazo, y no encontró ninguna.

"Tal vez", pensó, "aunque el concurso haya empezado hace muchos años, todavía no encontraron un juego digno del premio". Y este pensamiento le dio fuerzas para continuar.

Una tormenta que duró dos días lo ayudó a trabajar, porque tuvo que quedarse en casa. Y así, una semana después de recibir la revista en el tiro a los patos, Iván completó el juego.

LAS INSTRUCCIONES

Que Iván se hubiera puesto de inmediato a armar un juego no debería extrañarnos: era nieto de Nicolás Dragó. Su abuelo había inventado muchos juegos famosos, como La carrera del fin del mundo y La catedral de cristal, pero ahora sólo se dedicaba a fabricar rompecabezas de madera. Sobre la superficie que luego troquelaba, Nicolás Dragó pintaba con esmalte planos antiguos de ciudades. Les vendía los rompecabezas a coleccionistas del extranjero. Eran tan caros que con lo que le pagaban por un solo trabajo vivía tres meses. Algunos coleccionistas habían terminado por enloquecer debido al gran esfuerzo que exigían los rompecabezas.

Nicolás Dragó vivía en Zyl, llamada la Ciudad de los Juegos, ubicada a más de cuatrocientos kilómetros de la capital. Las pocas veces que su abuelo lo había visitado, le había enseñado a armar rompecabezas, a resolver crucigramas y toda clase de acertijos, y a construir juegos de tablero. Cuando inventó el juego que envió al concurso, Iván procuró recordar todo lo que le había enseñado Nicolás Dragó; pero también trató de agregar a esos conocimientos algo que sólo le perteneciera a él.

El juego de Iván consistía al principio en una serie de casillas dibujadas a lápiz y dispuestas en un óvalo, como en el Juego de la oca. A diferencia de los juegos comunes, las casillas estaban en blanco. A medida que los dados llevaban la pieza del jugador de una casilla a otra, el participante debía dibujar un objeto correspondiente a lo que planeaba para su futuro. Lo primero que le viniera a la cabeza. Un avión, si el jugador quería viajar o ser aviador; un cuadro, si quería ser pintor; la luna, si esperaba ser astronauta o astrónomo. Y debería explicar por qué lo había elegido. También se permitía dibujar algo que hubiera aparecido en sueños, aunque no hubiera forma de explicarlo.

—¿Pero quién ganará? —se preguntó Iván—. ¿Cuándo termina el juego?

En las instrucciones escribió:

"A medida que los jugadores recorran el tablero, existirá una cantidad menor de casillas libres. Cuando los dados lleven al jugador a una casilla ya dibujada, deberá esperar el próximo tiro para seguir. El juego terminará cuando todas las casillas hayan sido ocupadas. Ganará el que haya dibujado la mayor cantidad de casillas".

Pero eso no le pareció del todo justo. Quizás alguien que sólo planeaba tonterías para su futuro o dibujaba sueños falsos ocupaba más casillas que sus competidores. Entonces agregó:

"Habrá otro ganador, pero será un ganador secreto. Cada uno sabrá si ganó o perdió".

Redactó con cuidado las instrucciones, tratando de escribir en forma tan clara como fuera posible y de evitar errores de ortografía. En un sobre grande puso todas las cosas que requería el juego: el tablero con sus casillas vacías, una hoja con las instrucciones, un lápiz negro, una goma de borrar y un sacapuntas.

Pero a último momento cambió de idea y reemplazó la hoja con las casillas por una completamente en blanco, ya que los jugadores deberían definir juntos la forma de su juego. Se había manchado los dedos de tinta, y la huella de su pulgar derecho quedó impresa en una esquina de la hoja.

Compró una estampilla y echó el sobre en un buzón. Imaginó su carta perdida entre miles de cartas iguales, enviadas desde todas las ciudades del planeta. Cartas escritas en chino, en árabe, en dialectos misteriosos de islas escondidas, amontonadas en las bodegas del Trasatlántico Napoleón, aumentando con su peso los riesgos de un naufragio.

Este libro se terminó de imprimir en el mes de diciembre de 2014, en Corporativo Prográfico S.A. de C.V. Calle Dos No. 257, Bodega Col. Granjas San Antonio, C.P. 09070, Del. Iztapalapa, México D.F.

UNA PIEZA DE ROMPECABEZAS

Quince días después de hacer el envío, Iván recibió correspondencia. La estampilla que llevaba el sobre tenía la imagen del Trasatlántico Napoleón, que surcaba un mar verde y encrespado. El barco era tan gigantesco que imprimía sus propias estampillas, como si se tratara de un país.

Martes 7 de abril, Trasatlántico Napoleón,
Océano Pacífico

Querido Iván:
Tu juego ha resultado seleccionado entre los diez mil mejores. Te enviamos un tatuaje con la insignia de nuestra compañía.
Mientras tanto, tu juego sigue en concurso por el Premio Mayor.
Tus amigos de los Juegos Profundos.

Iván sacó el tatuaje del sobre y lo miró largamente. Al principio se había entusiasmado, pensando que el envío significaba que estaba muy cerca de ganar el premio.

Pero cuanto más pensaba en la cantidad de participantes —diez mil—, más lejano le parecía el triunfo. Y el tatuaje no le servía de consuelo: los chicles o los caramelos acostumbraban traer tatuajes semejantes. Costaban centavos.

Pensó en guardarlo como un recuerdo pero al final decidió llevar el tatuaje en la palma derecha. Había que despegarlo del papel transparente y luego frotar la imagen contra la piel. El dibujo representaba una pieza de rompecabezas, con la silueta de una casa en su interior.

Su madre no quedó en absoluto impresionada con el tatuaje.

—Hoy te parece lindo, pero mañana se convertirá en una mancha sin forma.

Los primeros días trató de mantener su tatuaje a salvo del agua, para que no se borrara. Cuando se bañaba o se lavaba las manos, evitaba que el agua cayera sobre el dibujo. Con el transcurso de los días, y aun de las semanas, se dio cuenta de que no había ningún peligro: el tatuaje era tan indeleble como uno de verdad.

Su madre trató de sacarlo con alcohol, con solvente y luego con un cepillo de cerda dura, que le dejó la piel irritada y dolorida. También llevó a Iván a un médico, que luego de estudiar el tatuaje con una lupa dijo que jamás había visto nada semejante.

—La tinta ha entrado profundamente en la piel, como si se tratara de un tatuaje de verdad. Llevará su tiempo, pero estoy seguro de que terminará por desaparecer.

Pero en los cinco años siguientes el tatuaje no sólo no se borró, sino que se hizo más profundo, más nítida su línea y más vivo su color. Cuando se miraba la mano, Iván no sentía que era un dibujo agregado, sino la señal de que algo le faltaba, que en alguna parte había una pieza que tenía que buscar, y que sólo al hallarla estaría completo.

LAS NUBES

Cinco años más tarde, Iván seguía pendiente de aquel concurso. Recorría librerías de viejo en busca de ejemplares de *Las aventuras de Víctor Jade*, para ver si allí decía algo de su premio. Pero las revistas que encontraba eran anteriores a la que él había recibido, como si luego de publicar aquel número, la editorial hubiese cerrado. Las cartas que había enviado al Trasatlántico Napoleón, Casilla de correo 7.777, nunca le habían sido respondidas. Sus padres, sus amigos y su propio sentido común le decían que el concurso se había cancelado, o que otro había ganado, y que todo había ocurrido hacía mucho tiempo. A pesar de que tenía casi doce años, Iván sentía que el concurso proseguía, que cientos de juegos eran evaluados en las bodegas del trasatlántico más grande del mundo y que el suyo todavía estaba en carrera.

Iván tenía razón: el concurso proseguía y ya había un ganador. Pero el premio no era un trofeo dorado, entregado en una ceremonia pública, donde alguien dice un discurso y los demás se duermen. El premio no era un diploma coloreado, con los bordes quemados para imitar un pergamino y el nombre del ganador escrito en letras góticas. El premio no era un trofeo ni un diploma ni una medalla, sino una catástrofe, y todos los acontecimientos que siguieron a esa catástrofe.

El otoño en que Iván cumplió doce años, sus padres se anotaron en un curso de navegación en globo. Al poco tiempo se convirtieron en alumnos avanzados y luego en expertos. Se compraron un globo blanco, con la imagen de un ojo gigantesco pintado en azul. Cada vez que hacían un vuelo lo invitaban a viajar con ellos, pero Iván se negaba: le daban miedo las alturas y las nubes.

Sus padres eran aeronavegantes tan hábiles que pronto se inscribieron en una competencia de globos. Iván estaba invitado a ver el certamen desde tierra, pero su invitación fue revocada, porque su madre estaba furiosa. Había descubierto que una bailarina tallada en jade, que guardaba desde que era niña, estaba rota.

Iván acostumbraba jugar a lo que él llamaba el juego de los espías, que consistía en dejar mensajes secretos en todas partes. Eran textos escritos en clave, y como a veces pasaba largo tiempo hasta que los encontraba, tenía que pensar mucho hasta que descubría el contenido del mensaje secreto.

De pronto recordó que uno de esos mensajes lo había dejado al pie de la bailarina, que reposaba en una vitrina junto a otros objetos tan frágiles como ella. Siempre se ponía contento de encontrar un viejo mensaje, con una clave ya olvidada, porque entonces tardaba mucho en descifrarlo, como si lo hubiera enviado otra persona, un desconocido. Abrió con tanto entusiasmo la vitrina que un jarrón se tambaleó. Al salvarlo de la caída, rozó con el codo la bailarina de jade, que se estrelló contra el suelo.

La bailarina quedó decapitada. Llevó los restos hasta su habitación, donde trató de pegarle la cabeza sin que se notara la rotura.

—Cuando sea mayor, voy a dedicarme a reparar estatuas para grandes museos y a pegar espadas rotas y cabezas de caballos. Si me preguntan cómo elegí ese trabajo, diré: todo empezó con una bailarina que mi madre guardaba como un tesoro.

Pero en la vida real, Iván dudaba de que su madre recuperara su humor tan rápido como en sus fantasías. La figura de jade tenía para ella algún significado secreto.

Cuando su madre descubrió la bailarina rota, habían pasado cuatro meses desde que se había caído. Se puso furiosa y prometió cancelar toda clase de paseos, empezando por la competencia de globos. A él le parecía injusto ser castigado por algo que había ocurrido hacía tanto tiempo. Y le gritó a su madre que el error no había sido romperla, sino pegarla, porque no había en el mundo un adorno más feo que aquél.

—No voy a hablarte hasta que no pidas perdón —respondió su madre, con menos enojo que tristeza.

Iván se arrepintió de inmediato de lo que había dicho. Sin embargo, quizá por orgullo, quizá porque sabía que se pondría a llorar, no se animó a decir nada. Sentado en su escritorio, le escribió una carta breve en la que le pedía perdón. Y en la carta le prometía que si había en el mundo alguna estatuilla igual, él partiría en su busca. Dejó la carta en el bolso de su madre sin que nadie lo viera, como si fuera uno de sus tantos mensajes secretos. Desde su cuarto, oyó la voz de su padre, que estaba afuera, con el motor en marcha, y apuraba a su madre a salir. Tendrían que viajar muchas horas hasta llegar al lugar donde, al día siguiente, se haría la competencia. Ella tardaba y tardaba: faltaba primero una comida, luego un abrigo, al final una botella de champagne para beber en las alturas.

Iván no salió a despedirlos, y cuando oyó los saludos de sus padres, respondió sin abrir la puerta.

La competencia consistía en cumplir con cierto recorrido en los tiempos acordados. Los globos viajarían juntos y tratarían de descender en cierto punto —un círculo rodeado de banderas— con la mayor exactitud posible. Los organizadores habían estado a punto de suspender el certamen por la posibilidad de una tormenta; pero el cielo estaba tan azul que decidieron hacerlo igual. Participaban quince globos; cuando estaban cerca del final, la tormenta los sorprendió, y volvieron catorce.

Los tripulantes del globo perdido habían tenido problemas para maniobrar la nave y habían continuado subiendo hasta alturas prohibidas para los globos, donde el aire es helado y ya no se puede respirar. Uno de los participantes había alcanzado a fotografiar el globo en el momento en que se había separado de los demás: el ojo gigantesco asomaba entre la masa de nubes, para dar una última mirada al mundo, antes de que el viento huracanado lo arrastrara hacia las montañas.

EL ABURRIMIENTO

Mientras equipos de búsqueda recorrían campos y montañas en busca de sus padres, su tía Elena fue a vivir a su casa. Era la hermana mayor de su madre, pero no se parecían en nada. Elena encontraba en todo algún motivo de sufrimiento. Vestía trajes oscuros con hombreras anchas que le daban a su figura un aire militar. Era excesivamente precavida y acostumbraba salir con paraguas aun en días radiantes, porque...

—Siempre debemos estar preparados para lo peor.

Tenía sus propias ideas sobre educación, que aplicaba con Iván. Era especialmente insistente con el estudio. Si Iván decía que se aburría, ella aprovechaba para explicar:

—El aburrimiento es una parte esencial del estudio. La función del estudio consiste en prepararnos para el aburrimiento. A medida que crecemos, la vida es más tediosa y más llena de momentos muertos. Un poco de aburrimiento todos los días nos prepara para enfrentarnos a la vida adulta: días y semanas, meses y años, en los que no nos ocurrirá nada interesante.

Iván no era mal estudiante, pero a partir de la carrera de globos sintió que todas las materias estaban escritas en un idioma que no entendía. Ni los números, ni las letras, ni los dibujos. Las páginas de todas las materias y los pizarrones abarrotados de operaciones matemáticas y fechas históricas y poesías para aprender de memoria se confundían en un solo libro de páginas grises.

Cuanto más aumentaba su desinterés, más insistía Elena:

—Donde aparece el aburrimiento, ahí está la verdad. Es como ese instante en que el subterráneo se detiene entre dos estaciones y la gente se queda mirándose un largo rato, sin nada que pensar. El aburrimiento nos dice la verdad sobre todo.

Nunca hablaba con Iván del globo perdido, pero siempre estaba escuchando la radio, en busca de noticias. A veces, en mitad de la noche, Iván descubría a su tía tratando de sintonizar en un aparato de radio de onda corta transmisiones de otros países, de las que sólo de tanto en tanto se distinguía alguna palabra, en un mar de interferencias. Las revistas de navegación en globo a las que se habían suscrito sus padres seguían llegando a la casa, y su tía las consultaba en secreto, con la esperanza de encontrar alguna noticia.

Iván no le echaba la culpa a la tormenta sino a las nubes. Le parecía que eran ellas las que tenían el poder de borrar a las personas y a las cosas, hasta no dejar más que alguna ligera marca. Y la única marca que sus padres habían dejado era él.

Y a veces, en la cama, muy tarde, mientras su tía se entregaba a la música estridente de las interferencias, Iván se preguntaba si su madre había llegado a leer la carta en la que él se disculpaba, o si había desaparecido del mundo sin haberse reconciliado con él. Y esto, aunque era algo tan pequeño dentro de la tragedia, le parecía aún más grande que la tragedia misma.

UN TELEVISOR BLANCO Y NEGRO

Un mes después de la desaparición del globo, Iván encontró un televisor abandonado frente a su casa. Estaba al pie del árbol. Parecía en buen estado, aunque era muy viejo, de los tiempos en que sólo se transmitía en blanco y negro.

Iván nunca había tenido un televisor, porque sus padres se oponían, a causa de una serie de libros que habían leído en su juventud. Iván estaba seguro de que a la larga hubieran cambiado de opinión, pero con su desaparición cada una de sus órdenes había quedado instalada como una ley eterna, que su tía no se animaba a modificar.

Iván llevó el televisor a su pieza antes de que su tía tuviera tiempo de descubrirlo. Le hizo un lugar en lo alto del armario, para el caso de tener que guardarlo con urgencia. Enchufó el aparato y no vio nada: sólo líneas grises y un ruido estridente. Movió la antena hacia un lado y hacia otro y nada. Hizo girar las perillas y probó con todos los canales. La pantalla se puso blanca, después negra, y al final Iván se dio por vencido. Decidió regresar el televisor junto al árbol.

Al desenchufarlo descubrió en el dorso una etiqueta donde decía:

GARANTÍA

Si este televisor sufriera un desperfecto no atribuible al usuario, la empresa le enviará un técnico que se ocupará de la reparación.

La garantía rige desde (habían agregado a mano la palabra AHORA) *hasta* (SIEMPRE).

La empresa debía de haber cerrado un cuarto de siglo antes. ¿Cómo podía confiar en esa garantía? Pero como Iván no se resignaba a perder la oportunidad de tener un televisor, marcó el número de teléfono que aparecía en el papel.

Sonó cuatro veces y una voz atendió:

—B y N Service a sus órdenes. ¿En qué puedo ayudarlo?

—Mi televisor no funciona.

—¿Modelo?

—No sé. Es muy viejo, blanco y negro.

—Haga una prueba. Sintonice a las 22 horas el canal 10. Es una señal que no se sabe de dónde proviene. Sólo la captan los televisores en blanco y negro. Si la imagen no aparece, dé un golpe contra el lado derecho del televisor.

Antes de que Iván tuviera tiempo de decir gracias, la comunicación se cortó.

LUCHA SIN FIN

Iván trató de comer la carne al horno que había preparado su tía. Estaba dura, como siempre, porque su tía odiaba la cocina. Mientras preparaba la comida repetía la frase "Odio cocinar", y esas palabras mágicas resecaban las carnes, agriaban las salsas y convertían al arroz en un engrudo repulsivo.

Terminó de comer tan rápido como pudo y se encerró en su cuarto. Ya eran las diez de la noche. Sintonizó el canal 10 y movió la antena. Como no obtuvo resultado, dio un golpe en el lado derecho, tal como le había indicado la telefonista. Entonces la imagen se aclaró y apareció el nombre del programa: *Lucha sin fin*.

La pantalla se llenó de luchadores enmascarados. Habían sido atléticos y musculosos, y ahora se veían cansados y un poco excedidos de peso. Luchaban con una agilidad sorprendente para su corpulencia. En su repertorio de golpes había patadas voladoras, saltos desde las cuerdas, vueltas en el aire. El reglamento podía resumirse en una única regla: no había nada prohibido.

A las once el programa terminó y fue reemplazado por rayas grises que señalaban el fin de la transmisión.

En las noches siguientes el programa se repitió. Iván terminaba de comer tan rápido como podía y, con la excusa de que tenía mucho sueño, se encerraba en su cuarto. Entonces encendía con ansiedad el televisor, temiendo que esa noche el aparato no captara aquellas ondas de origen desconocido. Pero allí estaban los nueve luchadores, gordos, cansados, dispuestos a dar un buen espectáculo a pesar de la decadencia. Aprendió sus nombres: el Rinoceronte, Máscara Roja, el Leopardo, Mercenario, la Mancha Humana, el Bailarín, el Rey Arturo, Vampiro, el Egipcio... Cada uno tenía un odio especial por alguno de los otros contrincantes. Cerraba el programa uno de estos duelos, más largo, emocionante y cruel que los otros combates.

La cuarta noche que vio el programa ocurrió algo extraño. Por primera vez hubo una propaganda, o al menos, una interrupción al programa. Durante algunos segundos se vio un tablero con un recorrido en forma de óvalo. Una mano con la piel tan blanca que parecía un guante movía una pieza —que tenía la figura de un niño muy parecido a Iván— por el tablero. En la primera casilla se veía una rueda gigante, como las que hay en los parques de diversiones; en otra, una casilla de tiro a los patos, y luego la portada de *Las aventuras de Víctor Jade*, y un globo aerostático, y un televisor... La imagen duró unos segundos, e Iván no estuvo seguro de si la había visto realmente, o si la había soñado. Esa mano de dedos largos y piel transparente parecía mucho más temible que los puños de los luchadores.

EL COLEGIO POSSUM

Una noche, cuando Iván ya marchaba rumbo a su cuarto para ver *Lucha sin fin*, su tía le cerró el camino:

—Iván, tenemos que hablar.

Iván temió que hubiera descubierto el televisor. Pero era algo peor.

—Durante los últimos meses tus estudios fueron desastrosos. Por eso estuve pensando en cambiarte al colegio Possum, el más prestigioso de nuestro barrio. Tu madre y yo estudiamos allí.

Y a continuación contó una serie de anécdotas a las que les faltaba el final. Iván no sabía si lo que fallaba era la memoria de su tía, o si realmente las cosas ocurrían así en el colegio Possum.

Su tía aprovechó las vacaciones de invierno para comprarle el uniforme —pantalón gris, *blazer* y corbata azul— y los útiles que habría de necesitar. Cuando las vacaciones terminaron, lo llevó de la mano hasta el antiguo edificio, que estaba rodeado por un jardín un poco descuidado. El edificio tenía algo fuera de lo común, e Iván tardó en darse cuenta de cuál era la rareza.

—El colegio está hundido en la tierra —dijo al oído de su tía.

—¿Ya lo notaste? Es una auténtica curiosidad arquitectónica. En sus comienzos el edificio tenía diez pisos. Debido al terreno pantanoso donde fue construido y también a causa del saber acumulado durante tantos años, se ha ido hundiendo de a poco. Como ves, ahora sólo quedan seis pisos.

—¿Y no hay peligro de que se hunda del todo?

—Venecia se hunde desde hace siglos y todavía está allí —respondió Elena.

En la primera clase, el profesor de matemáticas pidió que el alumno nuevo levantara la mano. Iván había pensado mantener oculto el tatuaje tanto tiempo como fuera posible, para no llamar la atención. Pero no habían transcurrido diez minutos desde su llegada al colegio y allí estaba su brazo levantado, con la palma abierta, mostrando su secreto. Un susurro de admiración recorrió la sala.

Antes de que el profesor pudiera preguntarle a Iván por el tatuaje, un alumno alto y desgarbado señaló con odio la mano levantada.

—Es el tatuaje más falso que he visto en mi vida. Seguro que sale con un poco de jabón.

—Cállese, señor Krebs —dijo el profesor.

—Además... ¿a quién se le ocurre tatuarse una pieza de rompecabezas? Águilas, espadas, calaveras: eso es lo que vale.

—Si sigue hablando tiene un uno, señor Krebs.

Cuando salieron al recreo, Krebs y sus amigos rodearon a Iván.

—¿De dónde sacaste eso? —preguntó Krebs mientras le abría la mano.

—Lo tengo desde hace años. Me lo hizo un tatuador chino.

—¿Dolió mucho? —preguntó Gayado, que siempre iba con Krebs a donde fuera.

—Perdí un cuarto de litro de sangre.

Krebs nunca había conseguido un permiso para tatuarse, a pesar de que aquello era el sueño de su vida. Ya había elegido qué dibujo hacerse en cada centímetro de su cuerpo, incluido el cuero cabelludo. Lo único que podía mostrar ante sus compañeros era una cicatriz que tenía en el codo izquierdo, atribuida por él a la navaja de algún enemigo, y por el resto del mundo a una caída en la escalera de su casa. Frente al relato del tatuador chino, su herida había quedado reducida a nada.

Su lugarteniente, Gayado, al verlo un poco apagado, intentó darle ánimo:

—No te preocupes, Krebs. Seguro que es un tatuaje falso. Mañana desaparece, y le vamos a pegar por habernos mentido. No puede competir con tu raspón.

—¿Mi "raspón"? Voy a enseñarte lo que es un raspón.

Y comenzó a patear las delgadas rodillas de Gayado.

FIGURITA DIFÍCIL

En los días siguientes, Iván comprendió que no eran sólo los años y los libros los que hundían el edificio. Las clases eran tan aburridas que la caída de las cabezas de los alumnos, transmitida a través de las columnas, ejercía una presión continua. En gran parte ese aburrimiento se debía a que ninguna de las cosas que sucedían en el colegio tenía un final. Si en historia se debía contar una gran batalla, se analizaban los preparativos y se trazaba el mapa del lugar; pero cuando la acción comenzaba, la voz del profesor se apagaba de a poco, y discretamente pasaba a otra cosa. Entonces los alumnos se quedaban sin saber quién había ganado la Guerra de Troya, la Batalla de las Termópilas o Waterloo.

En el laboratorio de química, los experimentos comenzaban con largas explicaciones sobre los materiales. Justo cuando estaba a punto de producirse un resultado, se pasaba a los preparativos de otro experimento. A nadie sorprendían estas cosas, excepto a Iván. Averiguó que el director del colegio, el señor Possum, angustiado por el hundimiento inexorable del edificio, le había prohibido a los profesores contar el final de cualquier cosa.

—Los finales siempre son de mal gusto. La buena educación consiste en disimular que las cosas se terminan.

Cuanto más se dormían los alumnos, más crecía el prestigio del colegio, de manera que llegaban nuevos alumnos y aumentaban el peso y las cabeceadas. Como los pisos se habían reducido a causa del hundimiento, en los recreos casi no había lugar para moverse. Por suerte, la mayoría de los días muchos de los alumnos faltaban y eso permitía que se pudiera transitar por el colegio con relativa facilidad.

Para evitar los peligros que acarreaba el número excesivo de estudiantes, el director alentaba a los alumnos a faltar.

—No hay nada como quedarse en cama en invierno —decía el señor Possum—. ¿Para qué correr el riesgo de enfermarse o de ser atropellados por un auto? En casa se puede estudiar igual.

Cuando un alumno tenía un presente perfecto, era mal mirado por los profesores.

—Puente...

—¡Presente!

—Presente, Puente, siempre presente. ¿Cree que está dando un buen ejemplo a sus compañeros? ¿Por qué no se pone a pensar qué pasaría si todos fueran como usted?

Los ausentes crónicos, en cambio, ganaban muy pronto el prestigio de ser excelentes alumnos. Dos años antes de la llegada de Iván al colegio, un tal Motta había obtenido la medalla de oro: ninguna de sus notas bajaba de diez. Y sin embargo, había faltado tanto durante el

EL INVENTOR DE JUEGOS

año que nadie lo recordaba. En la ceremonia de fin de año todos estaban ansiosos por ver quién era Motta, pero no tuvieron suerte: también esa vez Motta faltó.

Iván pronto aprendió a hacerse un lugar entre sus compañeros, que ya se conocían desde hacía años, gracias a los juegos que inventaba: la caza de las arañas, la rayuela circular y, sobre todo, el hombre invisible. Este juego consistía en concederle a alguien el privilegio de no ser visto, a condición de que se comportara como un verdadero hombre invisible. Quien lo saludaba, lo molestaba o daba al invisible alguna señal de reconocimiento, perdía.

En total, Iván permaneció durante dos meses en el colegio Possum. Durante ese tiempo logró —como veremos luego— que tanto las autoridades como buena parte de los alumnos le fueran hostiles. Pero durante la primera semana, Iván pudo vencer ese cerco de desconfianza que inspira todo alumno nuevo. Conquistó a sus compañeros no sólo a partir de los juegos que inventó, sino también de su profundo conocimiento del programa *Lucha sin fin*.

Desde tiempos inmemoriales los alumnos habían coleccionado las figuritas de los luchadores y las habían pegado en el álbum. Costaban veinticinco centavos y cada sobre traía cuatro de cartón y una de lata. La figurita difícil cambiaba: un año era el Egipcio; al año siguiente, el Vampiro. Pero si bien aquellas figuritas habían seguido vendiéndose, nadie sabía de dónde venían los forzudos enmascarados.

A Iván le tocó explicar, recreo tras recreo, quién era cada uno, cuál era su enemigo, qué técnicas usaba para vencer. Todos esperaban la invitación de ir a dormir a su casa, pero su tía sólo le permitía invitar a un amigo por vez los sábados. A medida que los alumnos miraban el programa, los recreos se convertían en largas escenas de lucha que terminaban con dos o tres chicos en la enfermería. Hasta ese momento las peleas habían consistido en empujones y algún golpe de puño, pero ahora los alumnos preferían lanzar una patada voladora, o cerrar sus piernas alrededor del cuello del adversario, o torcerle los brazos en una complicada llave. Antes se habían peleado sin ganas, casi aburridos: ahora lo hacían con felicidad.

Cuando el director, cansado de esa violencia, comenzó a interrogar a los heridos, todos denunciaron:

—La culpa es del nuevo.

LA OFICINA DEL DIRECTOR

Las denuncias en su contra hicieron que el director lo llamara a su despacho, en compañía de su tía. El director se llamaba Dante Possum, y era descendiente del fundador del colegio. A través de los cortes de cabello, el cuidado de los bigotes y cierto tipo de gimnasia facial, todos los Possum habían logrado parecerse a sus antepasados. Dante Possum era exactamente igual que su padre, su abuelo y su bisabuelo, cuyos retratos y bustos adornaban los pisos superiores del colegio.

—Durante décadas nuestros alumnos han sido los más estudiosos del país. Hasta hace poco era común encontrar a los alumnos estudiando inclusive en los recreos, hasta tal punto que yo mismo tenía que insistirles en que simularan jugar. A Van Duren, nuestro abanderado, debí obligarlo a soltar un sapo en la puerta del baño de niñas para que escapara de su obsesión por las matemáticas. Hace dos años buscamos ayuda psicológica para que el escolta Salpietro superara la culpa que le despertaba jugar a las escondidas en los recreos. Ni hablar de Motta, nuestro 10 absoluto, a quien nunca se le señaló una sola indisciplina. Ahora todo eso está a punto de acabar. Su sobrino ha venido a sembrar la discordia y a romper con nuestras tradiciones.

—Usted sabe, la tragedia de sus padres...

—Los peores criminales siempre han tenido alguna historia familiar complicada que les permite justificar sus acciones. Desde que llegó su sobrino al colegio y divulgó sus ideas sobre la lucha grecorromana y el *catch* tuvimos dieciocho fracturas y veinticuatro contusiones.

El director desparramó por el escritorio una serie de fotos que mostraban niños vendados y enyesados. Para impresionar aún más a la tía de Iván había mezclado entre las fotografías recortes de revistas de cirugía que mostraban complicadas y sangrientas operaciones.

—Su sobrino afirma haber visto un programa de televisión que es el que estimula toda esta violencia...

—Le aseguro que en casa no tenemos televisor.

—Busque bien. En alguna parte hay un televisor —dijo el director, mientras guardaba todas las fotos en el cajón del escritorio.

En el camino de regreso su tía no dijo una sola palabra. Pero en cuanto llegaron a la casa se puso a buscar en su habitación hasta que encontró el televisor.

—Se acabó —dijo Elena, mientras cargaba con el pesado aparato.

"No me voy a rebajar a suplicarle", pensó Iván. Pero de inmediato se puso de rodillas y pidió:

—Una semana más...

—Nada. El colegio Possum no se merecía esto.

—Esta noche y nunca más...

El televisor era tan pesado que para Elena fue un alivio ceder.

—Bien. Pero sólo por esta noche.

E Iván vio por última vez *Lucha sin fin*. Disfrutó como nunca cada segundo. Le pareció que los luchadores sabían que aquello era una despedida, y peleaban con más entusiasmo que otras veces. El Leopardo vs. El Egipcio. El Rey Arturo vs. La Mancha Humana. El Vampiro aplastó al Bailarín. Y una vez más apareció la mano pálida que sostuvo la pieza —un muchachito con un tatuaje en la mano derecha— sobre el tablero. Iván miró los dibujos que poblaban las casillas: la rueda del parque de diversiones, la revista de historietas, el globo que subía más allá de las nubes, un televisor en blanco y negro... Y luego la imagen del edificio Possum, más hundido de lo que estaba en la realidad.

A la mañana, tal como había prometido, Iván dejó el televisor junto a la puerta. Estaba triste por despedirse de los luchadores, pero aliviado por dejar de ver los movimientos que la mano blanca ejecutaba sobre el tablero.

VENGANZA

A la hostilidad de las autoridades se le sumó la de sus compañeros: todos los que lo habían denunciado ahora se sentían culpables. Y como verlo les recordaba su culpa, lo odiaban.

—Hicimos bien en acusarlo. Ayer me torcí el tobillo gracias a una patada voladora. ¿Y quién tiene la culpa?

—¡Iván Dragó!

—Tengo un ojo negro y me prohibieron salir el fin de semana. ¿Y quién tiene la culpa?

—¡¡Iván Dragó!!

—Nuestro colegio tenía diez pisos y ahora quedan seis. ¿Y quién tiene la culpa?

—¡¡¡Iván Dragó!!!

Como si no hubiera bastado con el resentimiento general y la desconfianza de las autoridades, Krebs, el jefe de los altos, había perfeccionado su odio hasta extremos inconcebibles. Tanto lo odiaba que ni siquiera lo buscaba para pegarle.

—Quiero que llegue entero al momento de la venganza —proclamaba ante sus seguidores. Le gustaba la frase hasta tal punto que había convencido a su fiel amigo Gayado de que llevara consigo un violín. Cada vez que él pronunciaba la frase, Gayado tocaba un acorde de película de suspenso.

Krebs tenía un buen motivo para odiar a Iván. Había tratado de superarlo en el terreno del tatuaje. Como no tenía edad suficiente para hacerse un tatuaje legal, ni se animaba a visitar los bajos fondos para hacerse uno clandestino, compró una revista titulada *Hágalo usted mismo*, donde explicaban el método paso a paso. Se aprovisionó de tinta negra especial para sellos y de una larga y aguzada aguja, cuya punta calentó en un mechero robado del laboratorio de química. Luego puso en práctica las detalladas instrucciones de la revista, ante la aterrorizada mirada de Gayado.

Había elegido como motivo un águila con las alas desplegadas: la imagen de la victoria. Pero a los pocos pinchazos se desmayó. Del águila sólo le quedó una pluma. La herida pronto se infectó y estuvo una semana en el hospital con 42 grados de fiebre. En medio de las alucinaciones repetía la palabra "venganza" (la frase completa, "quiero que llegue entero al momento de la venganza", no le salía) y su amigo Gayado le arrancaba unas notas al violín.

Krebs volvió al colegio más delgado, más pálido, con el brazo vendado y los ojos inyectados en sangre.

LA NIÑA INVISIBLE

En los recreos, la violencia había desaparecido y sólo quedaba la conspiración. Nadie probaba tomas inauditas ni patadas voladoras, y se limitaban a ir de un lado hacia otro llevando informaciones secretas. El grupo de los altos, liderado por Krebs, era el más activo. No cesaban de hacer nuevos contactos, de pasarse datos al oído y murmurar. El director miraba satisfecho los recreos: ya no había gritos ni golpes, sólo los murmullos. Si el señor Possum cerraba los ojos, le parecía oír el rumor del mar.

En todos aquellos susurros había un nombre que se repetía.

"¿Me estaré volviendo loco? ¿Es posible que todos estén hablando de mí?", pensaba Iván mientras cruzaba tembloroso el patio. Había oído que algunos casos de locura comenzaban así: el enfermo descubría voces que surgían de la televisión o de la radio o de una pared y que sólo estaban destinadas a él.

Para no oír su nombre se refugió en un pasillo desierto. Pero también allí oyó:

—Iván, Iván...

Tuvo la certeza de que acababa de enloquecer.

—Iván Dragó...

Pero entonces descubrió que había frente a él una niña diminuta, de cabello rubio. Jamás la había visto en su vida. Caminaba sin hacer ruido y su voz era casi inaudible. Había que dejar de prestar atención a todo lo demás para llegar a advertirla.

—Iván... ¿No te acuerdas de mí?

—No.

—Me siento a tu lado en la clase. Te presté cuatro hojas rayadas, una cuadriculada, un lápiz y un mapa de Oceanía con división política.

Iván recordaba que alguien le había prestado todas esas cosas, pero no recordaba quién había sido. Era como si los útiles hubieran llegado a sus manos desde el vacío.

—Al menos deberías preguntarme cómo me llamo.

—¿Tu nombre...?

—Anunciación.

Aquel nombre tan largo le sobraba por todas partes.

—Nunca te vi ni oí tu nombre.

—Eso es por culpa de tus juegos. ¿Te acuerdas del día en que inventaste el juego del hombre invisible? Yo fui una de las que se propuso para niña invisible. Me salió tan bien que todos siguen sin verme.

—Yo te veo...

—Ahora sí, porque estamos solos. Pero cuando estoy entre los demás me pierdo, me confundo. Todos los días grito: "¡El juego terminó! ¡Ya no soy más la niña invisible!". Pero no me oyen ni me ven.

—Gracias por las hojas y por todo lo demás. A partir de ahora prometo verte siempre.

—No te buscaba para que me agradecieras. Quería advertirte: Krebs te la tiene jurada.

—¡Gracias por la noticia! Por eso no puedo perder tiempo hablando. Tengo que aprovechar cada minuto para pensar un plan. Yo no sirvo para hombre invisible.

—Puedo ayudarte...

—¿Cómo? ¿Pelearemos codo con codo contra los gigantes de Krebs?

—No te olvides de que soy la niña invisible. Puedo conseguir información. Ellos nunca notan mi presencia.

Antes de que Iván tuviera tiempo de preguntar algo más, la niña invisible desapareció.

En la clase de geografía Iván se olvidó de buscar a Anunciación con la vista. Pero de modo misterioso llegó hasta su pupitre una hoja cuadriculada con una serie de signos extraños. En su regla de madera alguien había anotado el código para descifrar el mensaje.

Los gigantes de Krebs planean atacarte en la fiesta del colegio. Llevarán lavandina, lija y una serie de herramientas para sacarte el tatuaje de la mano. Si no sale, quizá te saquen la mano también.

La niña invisible

Al llegar a su casa, Iván le explicó a su tía que era víctima de una conspiración. Pero ella no lo dejó seguir hablando.

—En el colegio Possum siempre ha habido bromas entre los alumnos, pero éstas nunca pasan a mayores, porque los estudiantes conocen los límites. No te hagas

ilusiones con abandonar la institución: te faltan muchos años de Possum todavía...

—Odio ese colegio.

—A menos que se hunda del todo, allí seguirás
yendo.

Iván meditó seriamente en las palabras de su tía.

LA BIBLIOTECA INUNDADA

A la hora de la salida, cuando todos los alumnos se empujaban contra las puertas que daban al parque, Iván fue hasta el final de un pasillo y buscó la escalera que llevaba hacia los pisos inferiores. A medida que el colegio se hundía, los pisos que quedaban bajo la superficie eran clausurados y nadie más volvía a entrar en esas aulas. Todo se llenaba de frío, de agua y de oscuridad. Las raíces de los árboles atravesaban las paredes. Escarabajos negros, arañas gigantes y murciélagos reemplazaban a los alumnos de antaño.

—¿Qué estás haciendo? —preguntó una voz leve, que parecía venir de muy lejos pero que estaba a su lado. Iván, quien se creía totalmente solo, se sobresaltó.

—¿Cómo supiste que estaba acá?

—Te seguí. Al doblar el pasillo te diste vuelta como si sospecharas algo, pero después ya no te fijaste más.

Iván iluminó con su linterna la zona que deberían atravesar. Había muebles arrumbados, pizarrones rotos, mapas viejos que mostraban agujeros grandes como países. Los pasillos estaban inundados. Para no hundir los pies en el agua, había que caminar sobre los libros hinchados por la humedad que formaban un camino zigzagueante rumbo a lo desconocido. Anunciación temblaba, un poco por el frío y otro poco por el miedo.

—¿Qué estás buscando acá, Iván?

—La vieja biblioteca.

—El agua destruyó todos los libros. No queda nada para leer. Volvamos.

Iván no le hizo caso y echó a caminar hacia el fondo del pasillo. Los insectos y las maderas podridas y los movimientos del agua provocaban una cadena de sonidos leves, que a lo lejos parecía una conversación entre respetuosos fantasmas.

—La biblioteca está al final del pasillo —dijo Iván—. Los libros nos llevarán hasta allí.

Anunciación le dio la mano y juntos hicieron equilibrio sobre los tomos resbalosos. Elegían pisar los libros más grandes y gruesos, que eran los más firmes: enciclopedias, atlas, diccionarios. La niña invisible estuvo a punto de caer, pero Iván la sostuvo. La linterna iluminaba las páginas sueltas que flotaban sobre el agua.

Entraron en la biblioteca, cuyos estantes trepaban hasta el techo. Quedaban en ellos unos pocos libros, porque los movimientos provocados por el hundimiento del edificio habían hecho caer a la mayoría.

—¿Qué tenemos que buscar? —preguntó Anunciación.

—Una historia del colegio. Quiero saber por qué se hunde...

Había todo un sector dedicado a los libros sobre Possum. *Possum: cosecha de hombres célebres*, de Gregorio Day; *Memorias de Possum*, de Álvaro Terra; *El tenis en los años dorados de Possum*, de Fanny Lourdes; *El hundimiento de Possum: un enigma arquitectónico*, de Rodrigo Naps...

—¡Éste! —dijo Iván, arrancándolo de las manos a la niña.

—¿Te lo vas a llevar? ¿Y no habría que llenar una ficha o algo así? —preguntó la niña invisible, que era muy respetuosa de las formas.

—No te preocupes. Mañana lo devuelvo.

Trató de abrirlo, pero las páginas estaban pegadas.

En el camino de regreso oyeron a sus espaldas un violento chapoteo. Quizás había sido sólo otro de los libros que se desplomaba desde los estantes, pero estaban tan asustados que empezaron a correr sin mirar dónde pisaban. Los libros que antes les habían servido de camino ahora escapaban como peces. Iván resbaló y arrastró a la niña invisible en su caída.

EL ANTICUARIO ESPINOSA

Iván llegó a su casa empapado y con páginas de libros adheridas a su ropa. Después de bañarse y ponerse ropa limpia, intentó separar las páginas con un cortaplumas. Había que hacer el trabajo con mucho cuidado para que las páginas no se desgarraran. Usó papel de diario y un secador de pelo de su tía para eliminar todo resto de humedad. Las páginas estaban arrugadas, pero ya podían leerse.

El arquitecto Rodrigo Naps había visitado el colegio durante los años cincuenta y había quedado fascinado por el hundimiento. Naps observaba que la catástrofe podía evitarse si se tenía cuidado con ciertas zonas.

En la página 324, Naps escribía: *En cada piso hay un punto peligroso que debe ser evitado. Aconsejo al lector consultar el apéndice donde incluyo los planos del edificio, con las correspondientes* ZONAS DE PELIGRO.

Iván dio una mirada a los planos: en el primer piso el riesgo estaba en la última aula del ala izquierda. El segundo estaba libre de peligro. En el tercero no había

que acumular peso en la escalera central. Y no había
punto más peligroso en todo el edificio que el aula 627
del sexto piso.

Cuando volvió al colegio, Iván se puso a ver qué aula era la que correspondía al número 627. Estaba casi al
final del pasillo. Pegado a la puerta, había un cartel que
decía Clausurado.

—Anunciación, ¿dónde estás? —preguntó Iván en el
recreo.

—Aquí estoy. Detrás tuyo.

—Necesito que me ayudes. Quiero conseguir una
llave.

Aprovechando la confusión que producía la salida
de los alumnos, la niña invisible hizo una breve visita a
la portería. Y esa noche Iván durmió con la llave bajo la
almohada.

Durante la tarde del sábado los dos amigos cami-
naron por el parque.

—¿Me vas a contar por fin cuál es tu plan?

—Quiero hacer un juego de búsqueda del tesoro.

—Hasta hace unos años, era el juego oficial del colegio.

—Por eso lo elegí. Estoy seguro de que al director le
va a gustar. ¿Qué premio puedo poner? ¿Qué hay que
todos deseen?

—Tu televisor blanco y negro.

—Pero mi tía me obligó a eliminarlo. Y no sé qué
hizo con él.

—Yo sé dónde está.

Y Anunciación lo llevó de la mano a través del parque hasta llegar a una calle angosta. En el fondo se veía

un cartel que decía "Antigüedades". Alguien lo había tachado para poner al pie: "Cosas viejas".

En la tienda del anticuario Espinosa los objetos se acumulaban; lámparas de bronce sin brillo colgaban desde lo alto, botines del ejército y muñecas tuertas llenaban las estanterías. Bastaba mover un objeto cualquiera para desatar un movimiento sísmico que terminaba con el estallido, allá en el fondo, de alguna copa de cristal.

El viejo Espinosa se sentaba en el fondo, en una silla de mimbre, y desde allí controlaba su local. La gente venía a venderle las cosas que encontraba en los cajones que nunca revisaba, en los baúles abandonados en el sótano, en las casas de los parientes muertos.

—Parecen perdidos —dijo Espinosa—. ¿Puedo ofrecerles una gaviota embalsamada, una colección de dos mil bolitas de vidrio rojo, o un reloj que funciona al revés?

—Queremos ese televisor —señaló la niña invisible, más decidida que Iván.

—Ésa es una verdadera reliquia. No creo que les alcance para pagarlo.

—No es ninguna reliquia. Es un televisor viejo que no funciona. Y además tenemos diez pesos.

—No lo vendo por menos de cincuenta.

—¿Y no lo cambia tampoco?

—Depende de lo que tengan para ofrecer. Busquen bien en su casa, allí donde sus padres no miran nunca. Lo que a nadie interesa, tal vez interese a Espinosa.

Sin decir palabra, salieron del local y corrieron hasta la casa de Iván. Su tía Elena no estaba. Iván abrió el mueble donde su madre había guardado por años sus tesoros. Ahí permanecía la bailarina de jade verde.

—No te deshagas de esa bailarina —dijo Anunciación—. ¡Es tan hermosa!

—¿Te gusta? Es sólo una estatuilla rota.

—Prométeme que la vas a guardar.

—Por supuesto que la voy a guardar siempre, pero sólo porque a mi madre le gustaba. Cuando la rompí, le escribí una carta, y luego esa carta... —Iván volvió a preguntarse si su madre había llegado a leer sus palabras.

—¿En qué te quedaste pensando? Tal vez Espinosa esté vendiendo el televisor en este mismo momento.

—Vamos a llevar estas tazas de té chinas. Espero que mi tía no note su ausencia.

Iván cerró la vitrina polvorienta. Con una mirada se despidió de la bailarina rota.

Los domingos el portero salía de franco y el edificio permanecía vacío. Iván aprovechó para entrar al colegio por una ventana del quinto piso, que había quedado al ras del suelo. Pasó las horas recorriendo el edificio y dejando pistas detrás de los pizarrones, entre los pliegues de las estatuas, en la mandíbula del esqueleto de la sala de ciencias y bajo las baldosas flojas de la terraza. Antes de que terminara su trabajo, se hizo de noche. Iván había llevado una linterna de bolsillo. Lamentó que la niña invisible no lo hubiera acompañado esa vez, pero él mismo se lo había prohibido.

De noche el edificio cambiaba: las estatuas escrutaban todo con sus grandes ojos helados, los pájaros embalsamados agitaban levemente las alas y el edificio entero parecía desperezarse y bostezar. Iván temblaba al dar la vuelta en un pasillo, al subir las escaleras, al recorrer el museo de ciencias naturales. Recordó una leyenda que contaban sus compañeros para asustar a los más chicos: un cuarto de siglo antes, tres alumnos de sexto B habían decidido quedarse a vivir en las zonas inferiores del edificio. Las autoridades los buscaron sin suerte, hasta que se olvidaron de ellos. Los tres se habían acostumbrado a la profundidad y cada tanto aparecían para robarle la merienda a algún alumno solitario.

Cuando al acercarse al aula 627 Iván creyó oír un ruido de pasos, le vino a la cabeza la imagen de aquellos alumnos perdidos. Los imaginó ya adultos, barbudos, vestidos con jirones del uniforme, pálidos como el papel de tanto vivir en la oscuridad. Estuvo a punto de gritar. Decidió hacer un último esfuerzo y arrastró el televisor hacia el aula elegida. Estaba tan llena de cosas que apenas había lugar para pasar. Escondió el televisor en un pequeño armario y cerró la puerta sin ponerle llave. Los preparativos habían concluido.

LA BÚSQUEDA DEL TESORO

La fiesta del colegio celebraba el día en que se había instalado la primera piedra del edificio. Habían pasado ciento diez años desde entonces. El día de la fiesta su tía lo despertó más temprano que de costumbre y le dejó en su habitación el uniforme recién planchado. Iván se vistió con lentitud, mientras pensaba en los puntos oscuros de su plan. Ahora que lo repasaba mentalmente, encontró que podía fallar de mil maneras distintas. Se puso en marcha hacia el colegio con la esperanza de que algo extraordinario le ocurriera en el camino y lo obligara a posponer su búsqueda del tesoro.

Mientras atravesaba el patio central, los demás alumnos se apartaban, como si se tratara de un rey o de un condenado a muerte. Iván le había encargado a la niña invisible la tarea de difundir la noticia: esa mañana se haría una búsqueda del tesoro, y el premio sería el único televisor capaz de captar las ondas de *Lucha sin fin*. Pero también había corrido la noticia de que ese mismo día, después de la búsqueda del tesoro, Krebs cumpliría su venganza.

El señor Possum se acercó a hablar con Iván:

—Que yo sepa, usted no pidió ninguna autorización para hacer esa búsqueda del tesoro.

—No tengo nada que ver con eso, señor Possum.

—Pero en el colegio no se habla de otra cosa. Todos dicen: La búsqueda del tesoro de Iván Dragó.

—No me gustan los juegos de ninguna clase, señor director. Los considero una pérdida de tiempo.

—Sé que me está mintiendo, pero no voy a castigarlo por eso. La búsqueda del tesoro era una tradición en Possum hasta hace unos pocos años. No es mala idea volver a realizar un juego como los de las viejas épocas. Espero que haya incluido un verdadero premio. Estos muchachos que veo por aquí parecen muy ansiosos. No sé qué pasará si se sienten defraudados.

Y el señor Possum marchó rumbo al aula magna, para ver si estaba todo listo para el acto.

El aula magna estaba en el último piso. Alguna vez el escenario había sido decorado con guirnaldas, que habían quedado abandonadas allí, descoloridas y rotas, año tras año. A su alrededor las arañas habían tejido su tela. Ahorrativa e ingeniosa, la vicedirectora del colegio, la señora Possum, había decidido aprovechar las telarañas como decoración, y por eso las había pintado de colores vivos. Esperaba que su marido la felicitara por su inventiva y su capacidad de ahorro, y así lo hizo el director.

Los alumnos ya llenaban la sala, y los maestros trataban que guardaran silencio. El señor Possum subió al escenario y permaneció de pie junto al piano, mirando los rostros de los alumnos con una mirada severa y a la vez ligeramente evocativa. Sus ojos decían: "Recuerdo a cada uno de ustedes y me maravillo de cómo han crecido". Cuando tomó el micrófono, se oyó un zumbido desagradable que hizo saltar a todos de sus asientos.

—Queridos alumnos: celebraremos la fiesta del colegio con una serie de actividades. La vicedirectora Possum se ocupará del discurso. Los alumnos de cuarto grado representarán una obra llamada *Un día en la vida de Gregorio Possum*, que yo mismo escribí en mis ratos libres. Al principio pensamos que la obra durara exactamente un día, para que ustedes siguieran minuto a minuto la vida cotidiana de nuestro fundador, pero finalmente decidimos hacer una versión abreviada, de sólo tres horas. Para cerrar el acto, el señor Gayado, alumno de sexto grado, interpretará en violín algunas de las piezas más difíciles del repertorio clásico.

En efecto, Gayado, de tanto poner música a las amenazas de Krebs, se había convertido en un violinista excepcional.

—Pero antes de empezar la fiesta, haremos un pequeño juego muy ligado a nuestra tradición: una búsqueda del tesoro.

Sobre el piano había varios papeles plegados, en los que Iván había anotado en letra de imprenta las distintas pistas. El señor Possum se puso los lentes para leerlos. Estaba asombrosamente parecido a su tatarabuelo, el fundador, cuyo busto de mármol presidía el museo del colegio.

—Aquí tenemos algunas pistas para comenzar el camino hacia el tesoro. Si no logran descifrar alguna de ellas, esperen la siguiente. Ojalá que la sensatez haya alumbrado al autor de este juego. Aquí va la primera:

Ningún lector entre estos libros se aventura.
Hay miles de páginas y ninguna está seca.
Pero en la soledad completa y la noche oscura
se asoman en silencio ratas de biblioteca.

Un grupo de alumnos de quinto grado salió corriendo hacia el cuarto piso. Otros, sin llegar a saber de qué lugar se trataba, los siguieron, entusiasmados por la urgencia ajena.

—Para los que no descifraron el anterior, aquí hay otro:

No ha perdido en el mármol el hombre su miopía;
por eso son de piedra sus lentes. Y su mano
señala el futuro, el porvenir, la utopía,
mientras lento se hunde el colegio en el pantano.

El señor Possum buscó a Iván con severa mirada, pero no lo encontró, porque estaba escondido detrás de una columna. Durante algunos segundos dudó si convenía seguir leyendo aquellos papeles, obstinados en recordar la desgracia del edificio.

Gayado se levantó de un salto y arrastró del brazo a Krebs. Oprimió el frustrado tatuaje y se oyó un grito de dolor.

—Hay que ir hasta el séptimo piso —le dijo.

—Más vale que no te equivoques —dijo Krebs con voz quebrada. Una mayoría silenciosa, que admiraba sus pasos gigantescos y la fuerza que demostraban en el trato con los débiles, los seguía a unos pasos de distancia.

Pronto quedó un último mensaje, que Possum leyó con un leve tono de melancolía:

Clavadas a su nombre duermen las mariposas.
No tejen las arañas y no cantan los grillos.
Yo juego a ser el dueño de todas estas cosas
y de la música de mis huesos amarillos.

Y después de haber leído el último mensaje, sólo quedaron en la sala los más tontos, los que nada entendían. Miraban interrogantes.

—No hay más pistas, muchachos —dijo el señor Possum.

—¿Qué hacemos?

—Sigan a los demás. Sigan siempre a los demás. Ése es el lema que el fundador eligió para nuestro colegio: "Seguid a los otros".

Lentos y torpes, los últimos alumnos se marcharon.

"Creo que fue un error abolir el examen de ingreso", pensó en voz alta el señor Possum.

EL FINAL DEL JUEGO

El colegio temblaba. Hordas de muchachos subían las escaleras, levantaban los pupitres, sacudían al esqueleto de la sala de ciencias naturales, daban vueltas las cajas de vidrio donde se guardaban las mariposas, desplegaban los viejos mapas de la sala de geografía. Nada se salvó. Ni la cocina, cuyos platos de losa con el escudo del colegio se estrellaron contra el suelo, ni los pasillos inundados del cuarto piso, donde una alumna estuvo a punto de ahogarse, ni el escritorio del director. Sus papeles cayeron por el hueco de la escalera.

La búsqueda de su manuscrito había llevado al señor Possum escaleras abajo. Cuando llegó al quinto piso encontró a Iván, quien le tendió una página que había volado hasta sus manos.

—Antes de expulsarlo, una pregunta, señor Dragó: ¿dónde está el tesoro?

—He oído que en el sexto piso, señor director.

—¿En qué lugar exacto?

Pero un grupo pasó corriendo junto a ellos, arrollándolos a su paso. Iván aprovechó para escabullirse antes de responder.

Una hora después del comienzo del juego, el primer grupo alcanzó la última pista. Cinco minutos después el grupo de Krebs llegó al mismo mensaje:

Habrá siempre en el mundo una puerta clausurada.
No hay ninguna llave para esa entrada trunca.
¿Pero qué pasa si abres esa puerta cerrada
y decides hacer lo que no hiciste nunca?

Los otros grupos creyeron descifrar en la lejana algarabía un indicio del hallazgo. Y siguieron las risas y los gritos, que eran pistas más fáciles de resolver que las escritas. Pronto una turba avanzó corriendo por el pasillo del sexto piso hacia el aula 627. El director trató de imponer su presencia, pero lo aplastaron. Desde el suelo vio con horror cómo los estudiantes se acercaban a la puerta prohibida.

"Por suerte está cerrada con llave", pensó con una última esperanza.

Pero la puerta estaba sin llave y los alumnos entraron como un alud. El entusiasmo de los primeros parecía enfriarse ante el polvo que flotaba en el aire, ante los viejos pupitres arrumbados y los cajones llenos de objetos viejos que habían pertenecido a los alumnos del colegio Possum. Allí estaban todas las cosas que los estudiantes habían perdido a manos de los profesores durante los últimos cien años: autos a cuerda, pelotas de cuero, hondas para tirar piedras, escopetas de aire comprimido, soldados de plomo y espadas de latón. Eran tantas las infancias superpuestas que los alumnos se olvidaron del televisor por unos segundos y respiraron un mismo aire de desaliento y melancolía. A un paso del triunfo, estuvieron a punto de ser vencidos. Pero entonces alguien gritó: "¡El televisor!", y todos se arrojaron a la vez sobre todas las cosas.

Y mientras los gritos de furia y de victoria y de dolor se oían a lo lejos, y las contusiones se multiplicaban, un temblor recorrió el edificio, desde los cimientos hasta la terraza.

—No pensé que iba a pasar algo así —le dijo más tarde Iván a la niña invisible—. Había calculado un pequeño temblor y algunos metros de hundimiento. Lo suficiente para que el colegio fuera clausurado por un tiempo... No conté con todos esos energúmenos saltando a la vez sobre la misma zona de peligro...

El colegio no fue clausurado, porque no quedó nada para clausurar. Como si se tratara de un gigantesco ascensor, el edificio se hundió piso tras piso hasta quedar completamente bajo tierra.

Iván corrió a abrir la puerta que daba a la terraza. Y todos empezaron a subir despavoridos hacia la luz de la mañana.

DESPEDIDA

D ante Possum, el director, fue el último en salir. Permaneció durante tres días encerrado en el edificio subterráneo, siempre en busca de sus páginas perdidas, hasta que los bomberos lograron arrastrarlo al exterior. Las recuperó casi en su totalidad y llegó a publicar su libro, *Un colegio con raíces*, al que agregó un epílogo con la catástrofe final.

El ganador de la búsqueda del tesoro fue Gayado. A pesar del temblor y el hundimiento, siguió buscando el televisor, y con el aparato en sus manos emergió triunfante a la superficie. Cuando más tarde triunfó como músico, tituló una de sus obras *Lucha sin fin*. Dedicó un movimiento a cada uno de los luchadores.

Iván Dragó fue considerado durante algunos días como un héroe, porque había abierto la puerta de la terraza y había guiado a sus compañeros y sus maestros hacia la salvación. Pero su tía no mostró contento en absoluto por la nueva categoría que había alcanzado.

—A mí no me engañas. Sé que algo tuviste que ver en el hundimiento del que fuera, hasta tu ingreso, el mejor colegio de la ciudad...

Y le mostró como prueba el volumen del arquitecto Naps, con sus páginas arrugadas por efecto de la humedad y el secador de pelo.

—Yo ya no puedo criarte. Voy a enviarte fuera de la ciudad, con tu abuelo Nicolás. Él aceptó hacerse cargo de tu educación. Quiere enseñarte el secreto de los juegos.

Y le habló de Zyl. Le dijo que era la ciudad de los juegos, que allí se habían fabricado los mejores juegos del mundo. Pero lo decía sin convicción, como si no lo creyera del todo. Como quien repite una leyenda que oyó en alguna parte, mucho tiempo atrás, y a la que no prestó atención.

Unos días después su tía lo acompañó a la estación de tren y le recordó que se fijara bien en el nombre de los pueblos, para no pasarse. Puso entre sus manos un libro arrugado, lleno de fotos descoloridas. Era una guía turística de Zyl.

"Lástima que no me despedí de Anunciación", pensó Iván cuando oyó la bocina de la locomotora. Cerró los ojos un instante y sintió, fugaz, sobre su mejilla derecha, un invisible beso de despedida.

SEGUNDA PARTE

Zyl

LA CIUDAD DE AAB

Iván había conocido Zyl cuando era muy chico, y no recordaba nada de la ciudad. Durante el viaje en tren leyó la guía turística que le había dado su tía. La estudió en orden, desde la primera palabra hasta la última. Las hojas estaban hinchadas por la humedad y algunas páginas faltaban.

Allí se contaba que Zyl había sido fundada por un tal Aab, un fabricante que había reunido una pequeña fortuna gracias a la producción de juegos de dominó y ajedrez. Aab había experimentado con las maderas de la región para fabricar juegos especialmente resistentes. Una de sus ideas más exitosas había sido la venta de piezas sueltas. Quien compraba un juego de Aab sabía que, en caso de extraviar, por ejemplo, un caballo negro, podía comprar otro exactamente igual. En aquellos tiempos se jugaba a todo con mucha pasión, y quien perdía al dominó, las damas o al ajedrez golpeaba el tablero con tanta fuerza que las piezas volaban por el aire y desaparecían bajo los muebles.

Aab, quien podía completar todo juego con la pieza que faltaba, no se había preocupado por hallar lo único que faltaba a la ciudad: el nombre. Como había sido el primero en afincarse, los otros pobladores le cedieron el derecho de elegir el nombre y le insistieron para que se apurase. Sin nombre, no tendrían un lugar en los mapas. No estar en los mapas era como no existir.

Desde niño, Aab había notado que su apellido aparecía en primer lugar en cualquier clase de lista.

—Y ya que mi nombre está siempre al comienzo, pondremos a la ciudad el nombre que esté en el último lugar —dijo Aab.

Los pocos habitantes de la futura ciudad lo acompañaron hasta la biblioteca del pueblo: una casa cuadrada, blanca, que le había servido a los habitantes de Zyl para deshacerse de los libros que les sobraban. Allí habían ido a parar novelas pasadas de moda y libros de poesía escritos por algún familiar. Aab sacó de un estante un diccionario enciclopédico de tapas azules. El dedo índice de su mano derecha vaciló en el aire y cayó sobre la última palabra.

—Zyl —dijo.

Zyl era el nombre de un pintor holandés del siglo XIV. Como entre los pocos datos que había sobre el pintor se destacaba su afición a los rompecabezas, se consideró que Aab había dado con el nombre correcto.

Los otros aplaudieron, aliviados. Alguno había temido que la palabra final fuera zzzz, onomatopeya del sueño; nombre inapropiado para una ciudad que se imaginaba próspera y activa.

NICOLÁS DRAGÓ

Cuando el tren se detuvo en la estación de Zyl, Iván observó que el viento se había encargado de abreviar el nombre de la ciudad: al cartel sólo le quedaba la letra Z. En la estación había una oficina de correos que parecía cerrada, un reloj de hierro detenido para siempre en las nueve y cuarto, y cinco grandes cubos de cemento, pintados como dados, que servían como bancos.

Su abuelo lo esperaba en el andén. Un paraguas amarillo lo protegía de la llovizna. Nicolás Dragó lo estudió con sus anteojos de cristales redondos hasta que estuvo seguro de que era su nieto. Entonces se acercó a abrazarlo. Era evidente que no tenía práctica en abrazos, porque sus gestos eran ligeramente exagerados, como si copiara una escena vista en una película.

—Bienvenido —miró con tristeza la guía que Iván sostenía en la mano—. Nunca les creas a las guías. Saben mucho del espacio y poco del tiempo.

Iván y su abuelo avanzaron por una avenida desierta. El polvo había sepultado las rayuelas que decoraban

PABLO DE SANTIS

el piso, pero ahora la llovizna hacía reaparecer con timidez un número siete y algún resto de amarillo. Las casas, antes pintadas de colores brillantes, lucían desteñidas y abandonadas.

—¿Nadie vive aquí? —preguntó Iván.

—La gente aparece de a poco. Esta zona es una de las más despobladas, pero ya verás que no todo está tan falto de vida.

—Es cierto —dijo Iván y saludó con la mano a un chico que levantaba la suya. Un poco más lejos había una mujer con una bolsa del mercado. Iván esperó que el chico bajara la mano y que la mujer siguiera caminando, pero los dos estaban inmóviles.

—¿A dónde vas? Mi casa es por aquí —trató de distraerlo su abuelo. Pero Iván ya corría hacia las dos figuras, que no tenían apuro por alejarse. Eran siluetas de madera pintada. La lluvia de los últimos años casi les había borrado los rasgos de la cara.

Su abuelo le explicó:

—Las hicimos hace mucho tiempo, para los pasajeros del tren. No queríamos que vieran el pueblo vacío. Teníamos unos cuantos: un policía, un granjero, una mujer que paseaba un perro. Había una chica con paraguas, para mostrar en los días de lluvia. Los cambiábamos de lugar cada vez que llegaba el tren, para que los pasajeros no se dieran cuenta del truco. Pero al final nos cansamos y los dejamos ahí. La mayoría se estropeó. Estos dos son los últimos que siguen en pie.

La casa de Nicolás Dragó era como el cuarto de un niño que se hubiera expandido por corredores, salones y escaleras. En muchos meses nadie había puesto orden, y el suelo estaba lleno de astillas de madera, pinceles que ya no servían y tubos de pintura vacíos.

El abuelo apartó de la mesa las piezas de un rompecabezas que estaba pintando y estiró un mantel a cuadros generoso en manchas y remiendos. Luego llevó a la mesa una botella de vino, otra de agua y una fuente con tallarines.

—Voy a decirte la verdad: al principio traté de que tu tía no te enviara hacia aquí. Me parecía que en la capital ibas a estar mucho mejor. No quería que te contagiaras del desaliento que se respira en Zyl. Pero en su última carta, además de hablarme de cierta búsqueda del tesoro que terminó en catástrofe...

—No pensaba que el colegio se fuera a hundir... —se apuró a decir Iván.

—No es eso lo que me importa. Tu tía me dijo que una vez, hace varios años, enviaste un juego por correo. Y que recibiste una respuesta.

Iván abrió su mano derecha.

—Ésta es la respuesta. Pero no fui el único seleccionado. Hubo otros diez mil...

Nicolás había tomado la mano de su nieto entre las suyas y miraba el dibujo con temor, como si fuera la marca de una enfermedad mortal.

—No. No hubo otros seleccionados. Eras el único. Si yo hubiera sabido antes lo del concurso... ¿Cómo era tu juego?

Iván lo explicó tan detalladamente como lo recordaba y le habló de la revista *Las aventuras de Víctor Jade*, del Trasatlántico Napoleón, de la Compañía de los Juegos Profundos. Cuando terminó, dijo su abuelo:

—Zyl fue alguna vez una ciudad próspera. Aquí se fabricaban los mejores tableros de ajedrez y los rompecabezas más perfectos. De aquí salían las cajas azules del Cerebro mágico, los naipes Zenia, que brillaban en la oscuridad, y algunos juegos quizás olvidados como La caza del oso verde y La torre de Babel. Pero de a poco todos nos fueron olvidando y no quedó nada. Mientras nuestra ciudad se apagaba, la Compañía de los Juegos Profundos crecía.

—¿Y qué tiene eso que ver con mi tatuaje?

—Es el símbolo de la compañía. Pero antes de ser eso, era algo que nos pertenecía.

—¿Una pieza de uno de tus rompecabezas?

—No, yo no podría haber hecho algo tan perfecto. Ya tendrás tiempo de saber a qué rompecabezas pertenece esa pieza. No quiero abrumarte en tu primer día en Zyl.

Terminada la cena, su abuelo lo llevó al que sería su cuarto, en el piso de arriba, y lo dejó solo. La habitación había pertenecido al padre de Iván. En las repisas había libros de aventuras, un velero de madera, algunos autos de metal y una lupa. En una foto su padre aparecía junto con algunos amigos en la entrada del laberinto de Zyl.

Iván pensó con tristeza en la distancia que había separado a su padre y a su abuelo durante años. A causa de alguna remota pelea, cuando se veían, una o dos veces por año, ninguno de los dos le dirigía la palabra al otro. Su padre había huido de Zyl muy joven. Nunca le habían gustado los juegos.

Iván se acostó y se tapó con una manta. El sueño tardaba en llegar. Oía abajo los pasos inquietos de su abuelo, que iba y venía de una punta a la otra del comedor.

LOS JUEGOS DE LA TARDE

Cuando despertó, encontró a su abuelo más sereno. Nicolás le había dejado en la mesa su desayuno: café con leche, pan tostado, manteca y miel. Iván le preguntó si lo podía ayudar en su trabajo y Nicolás le encargó que pintara unas torres de verde y de azul. Había pinceles de todos los tamaños, y los más pequeños, hechos con pelo de camello, permitían trazos casi microscópicos.

Más tarde, mientras su abuelo dormía la siesta, Iván salió a pasear. Quería visitar el laberinto de Zyl (había leído en la guía que era uno de los pocos atractivos turísticos), pero no lo encontró. De todas maneras, esa ciudad que no conocía también era un laberinto para él. Tenía que aprovechar las sorpresas de los primeros días, antes de que las cosas se le volvieran familiares.

Caminó en dirección de la laguna y llegó a una plaza cubierta de pastizales. Un enorme caballo de ajedrez de mármol negro asomaba su cabeza entre los arbustos. Hacía mucho calor y el cielo estaba nublado. Una lluvia repentina empapó a Iván, sin darle tiempo de buscar refugio. El chaparrón duró apenas unos pocos minutos. El sol había calentado tanto el caballo negro que ahora el mármol despedía vapor.

Se trepó a la cabeza del caballo para tener una visión más amplia del parque, pero resbaló y terminó con las rodillas hundidas en el barro.

A su lado había dos chicos de su edad. Habían aparecido tan rápido que Iván se preguntó si no serían alucinaciones provocadas por el golpe. Uno llevaba un parche en un ojo y una espada de madera; el otro, una vieja pistola de cebita. Lo miraban con desconcierto: no estaban habituados a las caras nuevas. Le preguntaron con timidez por el tatuaje.

—Lo hizo un tatuador chino —respondió Iván. Y se puso a contar su vieja historia, aumentando el dolor y la cantidad de sangre vertida. Los otros dos lo miraron sin interés.

—Eso no es un dibujo chino —dijo el del parche en el ojo.

—Es un clásico dibujo de Zyl —agregó el otro.

Iván preguntó:

—¿Y cómo son los clásicos dibujos de Zyl?

—Dibujos que no se terminan en sí mismos. Dibujos que continúan en otra parte.

Iván se inquietó: los otros parecían saber de su tatuaje más que él mismo. Esperó que se burlaran de él por la mentira del tatuador chino, pero no hicieron nada de eso. Sólo dijeron sus nombres. El del parche y la espada era Ríos; el otro, Lagos.

—Siempre nos llamamos por los apellidos —dijo Ríos—. En realidad, cuando estamos juntos nos dicen los "acuáticos".

Los dos bajaron la cabeza al mismo tiempo, un poco avergonzados por el apodo que compartían.

—¿Jugaban a los piratas? —preguntó Iván.

Tardaron unos segundos en entenderlo.

—No, no. El parche lo uso para ver bien —dijo Ríos—. Tengo un problema de coordinación visual y veo mejor si me tapo un ojo.

Iván no quería quedarse fuera del juego y se preocupó por conseguir un arma. Improvisó un arco con una rama y el hilo de un barrilete que colgaba de los postes del teléfono. Pero ya el juego había cambiado y Ríos y Lagos se arrojaban grandes piezas de rompecabezas que encontraban en el suelo. Estaban tan gastadas que parecían objetos naturales, como las piedras y las ramas.

Uno de los proyectiles dio en la cabeza de una enorme oca de yeso que tenía el pico roto.

—En esta ciudad no hay nada que esté entero —dijo Iván.

—Es mejor así. Uno puede hacer lo que quiere —dijo Lagos, no muy convencido.

Los tres caminaban bajo la llovizna.

—Todas las tardes nos encontramos en la plaza del caballo negro —le dijo Ríos—. Ven mañana. Vamos a mostrarte algo sobre tu tatuaje.

Se saludaron distraídamente, como hacen los amigos que se conocen desde hace largo tiempo.

A la tarde siguiente, apenas Iván llegó a la plaza, los acuáticos lo llevaron por una calle angosta. A los lados había talleres abandonados. Un cartel rojo decía: *Soldados de plomo y cañones de bronce.* Y más allá: *¿Se le ha perdi-*

do un alfil negro? Visite la Oficina de los Juegos Perdidos. En la esquina un cartel señalaba hacia la izquierda: *A 500 metros, el Cerebro mágico. El juego que responde a todas tus preguntas.*

—¿Qué es el Cerebro mágico? —preguntó Iván.

—Un juego de preguntas y respuestas que ya no se fabrica —dijo Ríos—. Cuando uno daba con la respuesta correcta, se encendía una lamparita. Aquí en el pueblo está el Cerebro mágico original, un autómata que tiene frente a sí una bola de cristal. Hasta 1920 el Cerebro mágico recorría la provincia en un carro, a veces dentro de ferias ambulantes, otras veces solo. Su dueño, un turco, ya estaba cansado de esa vida itinerante y se lo vendió a Aab. Entonces el viejo inventó el juego, y dejó al autómata en un galpón, para que todo el que quisiera pudiera consultarlo. La gente venía de lejos y formaba una larga fila para interrogarlo. Después quedó arrumbado en el galpón, con los cables pelados y las lamparitas quemadas. Mi padre está tratando de arreglarlo, pero...

Lagos se rió:

—Tu padre trató de convertir a Zyl en capital nacional del ajedrez y fracasó. Trató de organizar visitas guiadas y fracasó. Trató de resucitar el viejo laberinto y fracasó. Ahora trata de reparar el Cerebro mágico...

—Algún día lo va a arreglar y entonces le preguntaré...

—¿Qué cosa tan importante podrías preguntarle?

—Por qué tengo un amigo tan estúpido. Ésa sería mi primera y última pregunta —dijo Ríos.

Lagos no le dio importancia.

—¿Y la tuya, Dragó? ¿Qué preguntarías si tuvieras una sola pregunta para hacer?

Iván pensó primero en el extraño juego que había visto en el televisor blanco y negro. Pero estaba seguro de que esa pregunta alguna vez sería respondida por otro camino, y entonces la descartó. Pensó luego en el accidente de sus padres, a dónde los había llevado la tormenta. Pero esa pregunta parecía demasiado grande, aun para el Cerebro mágico.

Encontró una que estaba al alcance de su mano: si su madre había leído su carta, si estaba perdonado.

—No era para que te lo tomaras tan en serio. Hace quince minutos que estás callado —dijo Lagos.

—Una vez envié un juego a un concurso. Le preguntaría qué pasó con mi juego —dijo Iván, aunque no era eso lo que había estado pensando.

Mientras conversaban, se habían acercado al edificio más antiguo que Iván hubiera visto en Zyl. Una placa de bronce decía: *Casa de Aab. Museo Municipal de Zyl.*

NOTICIAS DE MORODIAN

La puerta estaba abierta. En la primera sala había una serie de vitrinas polvorientas que encerraban perinolas de madera, dados de cristal y tableros medievales. Había una vitrina dedicada a piezas sueltas de rompecabezas legendarios. Allí brillaba el ojo derecho de la doncella de Atenas —un rompecabezas del siglo IV a. C.—, una pieza que había formado parte de un *iceberg* de cristal y un fragmento en arcilla de la muralla china (el rompecabezas verdadero, réplica en escala de la muralla, contaba con varios millones de piezas).

—No está aquí lo que buscamos —dijo Ríos. Y lo llevó a la sala central del museo.

En el suelo, en el centro del salón, había un rompecabezas de piezas esmaltadas que mostraba el plano de Zyl con todas sus casas dibujadas. El techo de la sala era de cristal y, a través de los vidrios sucios, llegaba la luz de la tarde. Iván siguió con la mirada el camino que habían recorrido ese día: la plaza del caballo negro, la zona de talleres donde dormía el Cerebro mágico, la calle adoquinada que terminaba en el museo. En el norte,

fuera del perímetro de la ciudad, había un círculo verde
recorrido por líneas que mezclaban geometría y pesadilla: el laberinto de Zyl.

En el plano se veían todas las casas pintadas de colores brillantes. Era una representación de la ciudad en
sus tiempos de esplendor. Iván encontró también el museo, y dentro del museo, a través del techo de cristal, se
veía el mismo rompecabezas, a punto de desaparecer de
tan pequeño.

Pero faltaba una pieza, justo en el centro. A Iván su
contorno le resultó familiar.

Un hombre alto apareció por la puerta. Empuñaba
como un arma un plumero que se confundía con su
barba gris.

—¿Qué milagro ha ocurrido para que los señores
Lagos y Ríos vengan a ver el museo? —el hombre miró
bien y descubrió a Iván—. Ya veo, hay alguien nuevo en
el pueblo.

—Es el nieto de Nicolás Dragó —dijo Ríos. Y, señalando al cuidador—: Y él es Zelmar Cannobio.

El hombre señaló la pieza del ángulo inferior derecho, donde estaba la firma del artista.

—Este rompecabezas fue la obra máxima de tu bisabuelo. ¿No te contó nada Nicolás? Blas Dragó trabajó
durante meses en este mapa, por encargo de su viejo
amigo Aab. En ese momento el pueblo no era así; pero
él lo pintó como si viera el futuro. El pueblo fue crecien-
do hasta ser exactamente como el rompecabezas.

—¿Y la pieza que falta? ¿Quién se la llevó? —preguntó Iván.

—Fue Morodian, un discípulo de Nicolás. Aprendió
todo de tu abuelo. Pero cuando perdió el campeonato

de juegos de Zyl se fue para siempre. Antes de partir robó la pieza del rompecabezas. Desde entonces, las cosas empezaron a ir mal para nosotros.

—Eso es pura superstición —dijo Ríos—. Las cosas están mal porque a nadie le importa la clase de juegos que se hacen en Zyl.

—Superstición o no, me gustaría que esa pieza volviera a estar en su lugar. A veces sueño que alguien viene en la noche, completa el rompecabezas y después se va en silencio.

Ríos tomó la mano derecha de Iván y la abrió, para mostrarle al viejo Zelmar el tatuaje.

—¿Quién te hizo eso, joven Dragó? ¿Acaso fue alguien de la Compañía de los Juegos Profundos? ¿Conociste a Morodian?

—No. Nunca lo vi. Recibí el tatuaje por correo...

—Tal vez no conozcas a Morodian, pero Morodian te conoce bien. Y ya te tiene marcado.

Zelmar pasó el plumero por el rompecabezas y levantó una nube de polvo.

Cuando Iván llegó a la casa de su abuelo, Nicolás Dragó pintaba un enorme rompecabezas que representaba un antiguo plano de Venecia.

—Hablemos de Morodian —dijo Iván.

Al oír el nombre la mano del artista empezó a vacilar, como si las aguas de los canales le hubieran contagiado su temblor.

—Tengo mucho trabajo. Debo enviar este juego el martes que viene. Y todavía me falta barnizarlo y separar y limar las piezas. Además, con esta humedad la pintura tarda una barbaridad en secarse. Otro día hablamos.

Pero Iván siguió de pie, junto a su abuelo, esperando una respuesta. Nicolás, resignado, interrumpió el trabajo.

—Morodian siempre está allí, para tentarnos. Ha llamado a muchos y se los ha llevado a trabajar con él. Y siempre a los mejores. Pero nadie habla de eso. Cuando se fue el ingeniero Gabler, uno de los más brillantes creadores de juegos de naipes, todos dijimos: "Consiguió un mejor empleo en la ciudad". Siempre tratamos de engañarnos. Y así estamos ahora: en la ruina.

—¿Cómo fue que perdió Morodian su concurso?

—Eso pasó hace muchos años. Él era joven y ambicioso y todos confiábamos en que sería el gran inventor de juegos de Zyl. Todas las tardes venía a mi casa para que yo le enseñara el tallado de las piezas, la redacción de las instrucciones y todas las cosas que se necesitan para disciplinar la imaginación. Había ganado varios torneos menores, pero ese año se postuló para el gran campeonato. Su juego era extraordinario.

—¿Cómo era?

—Ya no lo sé, por fin he logrado apartarlo por completo de mi mente... No quiero hablar de eso ahora. Tengo que terminar con este mapa de Venecia. En el rompecabezas de Zyl está la respuesta: y eso es todo lo que voy a decir.

Cuando se reunió con los acuáticos, Iván les contó la conversación que había tenido con su abuelo.

—¿Creen que el juego de Morodian está escondido en el museo? —preguntó Iván.

—Tu abuelo nunca dijo eso. Sólo que miraras el rompecabezas —le respondió Ríos.

Y hacia allí fueron. Frente al rompecabezas, los tres amigos se quedaron en silencio. Ríos se había puesto su parche para concentrarse mejor en los diminutos nombres de las calles.

—¿De nuevo por aquí? —preguntó Zelmar—. ¿Y qué quieren ahora?

—La pieza que robó Morodian, ¿a qué correspondía?

—Es una esquina de la ciudad. El cruce entre la avenida del Azar y la calle del Rey. Justo enfrente había un descampado, y en el otoño venía un circo que se llamaba Circo Real Kronos. La estrella era una trapecista de malla verde que parecía un pájaro. Yo iba al circo sólo para verla a ella...

Zelmar se había quedado mirando el hueco. En el mapa, que mostraba tantas cosas, no había ninguna huella del circo ni de la trapecista de malla verde.

—¿Pero qué había exactamente allí? ¿Por qué Morodian sacó esa pieza y no cualquier otra? ¿Qué es este dibujo que tengo en la mano? —Iván hizo las tres preguntas casi al mismo tiempo.

Pero Zelmar entendió. Ya se había dado por vencido.

—Allí vivía Morodian.

UNA TÍPICA CASA ABANDONADA

Entre la maleza había una fuente de piedra cuyo surtidor tenía la imagen de un monstruo marino, cubierto de escamas y aletas afiladas. Como barcas fúnebres, flotaban escarabajos en el agua estancada.

—¿Seguro que no vive nadie en la casa? —preguntó Lagos.

—Mira esas ventanas. ¿Quién podría vivir? —pero a Ríos tampoco le convencía mucho entrar en la vieja casa.

Todas las ventanas estaban tapiadas, pero las lluvias habían podrido las maderas. Arrancaron los listones con facilidad. Iván trepó a la ventana y saltó al interior de la casa. Ríos lo siguió.

—Yo hago de campana —dijo Lagos.

Iván y Ríos tenían linternas de bolsillo, pero habían olvidado ponerles pilas nuevas. Era una luz tímida frente a una oscuridad con años de experiencia. Había muebles cubiertos con sábanas, cuadros velados por telarañas, un piano desvencijado en un rincón, que emitía discretos crujidos, como si extrañara la música. El piano, al igual que la mesa y las repisas, estaba invadido por velas consumidas que dejaban caer estalactitas de cera.

Ríos comenzó a encender los restos de vela que todavía servían. Se quitó el parche y se quedó mirando las formas que dibujaban las sombras en las paredes.

—Voy arriba —dijo Iván—. Ya vuelvo.

No fue difícil adivinar cuál había sido el cuarto de Morodian. Los diagramas destinados a sus juegos cubrían las paredes, la cama, la puerta del ropero. Había esquemas trazados con líneas temblorosas, ilustraciones que parecían arrancadas de bestiarios medievales, juegos de palabras, pedazos de historias, círculos, flechas, signos de interrogación: la materia diversa con la que se hacen los juegos. Iván recogió todos esos papeles para estudiarlos cuando tuviera mejor luz. Cuanto más encontraba, más crecía su curiosidad. Morodian había estado espiando su vida, y ahora era él quien espiaba el pasado de Morodian.

En el fondo del ropero encontró una caja de cartón. La habían pintado de rojo y de negro. El nombre del juego estaba escrito con letras góticas: El guardián del laberinto.

Mientras bajaba por la escalera se le empezaron a caer los papeles. Dejó que Ríos lo ayudara con las hojas, pero él cargó el juego bajo su brazo derecho. Sabía que Morodian era un enemigo de Zyl, sabía que su abuelo lo aborrecía y que acaso también le temía, pero no podía dejar de sentir que existía entre el otro y él un lazo secreto.

Extendió el juego sobre un banco de la plaza, junto al caballo negro, y se concentró en estudiarlo. Sus amigos, al principio, mostraron interés por el tablero y su intrincado diseño, y luego por las instrucciones del juego, pero al final se aburrieron. Ríos y Lagos se alejaron: sus voces sonaban desde muy cerca, luego desde el borde del parque, y más tarde apenas se oían. Habían llegado al muelle que se adentraba en la laguna de Zyl y desde ahí hacían rebotar las piedras contra el agua. Lo llamaron varias veces, pero Iván no les hizo caso. Estaba entrando en la mente de Morodian.

Más tarde le preguntó a su abuelo:

—¿Por qué perdió Morodian el concurso? ¿Se enfrentaba a un juego mucho mejor?

—Se enfrentaba a una tonta variante del ajedrez, que se jugaba sólo con caballos. La hizo el mismo ingeniero Gabler, que entonces era estudiante. No, no era un gran juego.

—¿Y entonces?

—Todo empezó con el padre de nuestro enemigo. Se llamaba Justo Morodian y siempre quiso ser inventor de juegos. Amaba los juegos, pero los juegos no lo amaban a él. Probó suerte con toda clase de cosas. Si hacía un juego de estrategia, los jugadores notaban que las reglas estaban mal hechas, que era imposible ganar. Si fabricaba una carrera de caballos, ninguno llegaba al disco. A nadie le interesaba fabricar en serie esos juegos defectuosos. Fue a ver a Aab, y el viejo, para ayudarlo, le encargó la misión de cuidar el jardín-laberinto. ¿Fuiste hasta allí?

—Todavía no —respondió Iván.

—Mejor no acercarse. Hoy es un bosque intrincado y sin salida. Hay algo maligno en el modo como se tuercen las ramas y bloquean las salidas. Pero entonces el laberinto era una de las grandes atracciones de Zyl, y ocuparse de él era un trabajo importante. Había que mantenerlo cuidado, para que la vegetación no cerrara los caminos. Justo Morodian no estaba conforme con su trabajo, creía que merecía algo mejor. Tal vez tenía razón en su descontento: arrastraba una vieja enfermedad y no había nacido para trabajar al aire libre. Se perdía en el laberinto, como antes se había perdido en sus propios juegos. Nunca llegaba a podar más que unas pocas ramas: en el fondo del laberinto la vegetación crecía y borraba los caminos. La gente dejó de ir por miedo a no regresar. Una tarde, después de un día de calor, el cielo se oscureció de pronto y se desató una tormenta. Empezó a llover y muy pronto se anegaron los caminos. La esposa, alarmada porque ya era la hora de la cena y Justo no había aparecido, pidió ayuda, y ahí fuimos todos, con botas y capas de lluvia, con linternas y brújulas, para tratar de encontrarlo. Hacía mucho que no pisábamos el lugar, y no imaginábamos el estado en que se encontraba. Había que pasar debajo de las ramas y arrastrarse por el barro. Nos gritábamos en la oscuridad y apenas distinguíamos las linternas y antorchas de los otros. Tardamos en encontrar al jardinero. Y cuando lo hicimos... Justo Morodian se había perdido del todo.

—Pero no por eso el hijo falló en el concurso...

—No, pero su derrota tuvo que ver con lo que acabo de contar. Morodian empezó a acusar a Aab, que para entonces era muy viejo, por la muerte de su padre. Y acusó también a toda la ciudad. Dos meses después construyó su juego, El guardián del laberinto, como un desafío. Su juego era bueno, pero los miembros del jurado no quisieron darle el premio para apartarlo de esa obsesión. Pensaron que así obraban bien. Fue peor. Apenas conoció el fallo, Morodian juró acabar con Zyl para vengar a su padre. Y ya casi lo ha conseguido.

EL COLEGIO DE ZYL

Durante varios días la atención de Iván estuvo capturada por el juego de Morodian. A pesar de que era uno de sus primeros inventos, Morodian había alcanzado allí una complejidad extraordinaria. A cada paso, las reglas cambiaban. El juego transcurría en un laberinto similar al de Zyl, pero había otro laberinto, que era el que formaban los cambios de las reglas. En el juego se contaba la muerte del padre de Morodian, y se daba como culpable a Aab. Había un secreto, e Iván no tardó en descubrirlo: el secreto era el odio.

Pero pronto Iván se distrajo del juego de Morodian, porque el verano llegaba a su fin y lo esperaba un nuevo colegio. Su abuelo lo ayudó a preparar la mochila: le dio una lapicera, varios cuadernos forrados en papel araña y una serie de elementos que sorprendieron a Iván.

—El propósito de la educación en Zyl es la invención de juegos —le recordó Nicolás, mientras ponía en la mochila una perinola, un cortaplumas, varios dados, un cubilete y mazos de naipes cuyo frente estaba en blanco, para que cada alumno dibujara las figuras de su elección.

La primera clase que le tocó fue criptografía. La profesora, Isabel Tremanti, escribió una serie de signos en el pizarrón y dijo a los alumnos que tenían veinte minutos para descifrar el mensaje oculto. Los otros alumnos comenzaron a trabajar de inmediato. Iván estaba acostumbrado a lidiar con mensajes secretos, pero aquél le parecía especialmente complicado.

—¿Qué estás esperando? —le preguntó Ríos, en voz baja—. Hay que empezar por las letras que aparecen con más frecuencia en nuestro idioma. Después, identificar los artículos y las consonantes dobles.

—Hice todo eso, pero no puedo avanzar.

—Me olvidaba decirte que la profesora Tremanti tiene la costumbre de dar dos mensajes ocultos a la vez. Los signos que ocupan una posición par corresponden a un código, y los que están en un lugar impar, a otro.

En el pizarrón había estrellas, letras griegas, peces, espirales, rombos... Iván separó en su cuaderno los signos pares de los impares a fin de obtener dos mensajes distintos. Comenzó a trabajar con el primero, pero el mensaje seguía tan cerrado como antes. No había encontrado ni tres letras cuando los demás habían terminado. Tuvo que entregar la hoja casi en blanco.

Quedó un poco abatido después de la primera clase. Parecía más difícil de lo que había pensado. Hasta se acordó con nostalgia del colegio Possum.

La siguiente materia era instructología. La daba el profesor Darco, cuya familia había sido dueña de la única imprenta de Zyl. Todos los cuadernillos de instrucciones que acompañaban a los juegos de Zyl se hacían en la imprenta Darco. En una vitrina del museo se conservaba un ejemplar de cada uno de los cientos de cuadernillos que se habían editado.

—Darco da también dibujo, construcción y filosofía del juego —le explicó Ríos.

—¿Filosofía del juego?

—El juego como imagen del mundo. Eso es lo que dice Darco. A Zenia, el director, no le gusta esa materia. Dice que Darco está muy influido por las ideas de Morodian.

—¿Un solo profesor da cuatro materias?

—En el colegio quedan sólo tres profesores, que tienen que ocuparse de todo: la Tremanti, Darco y Zenia, el director. Por eso en las aulas hay alumnos de distintas edades: se juntan los cursos, para que no quede nadie sin profesor. La Tremanti, además de criptología, da enigmática; Zenia se ocupa de estrategia y de historia de los juegos.

Darco era un hombre bajo, de lentes, con las manos siempre manchadas con la tinta industrial que usaba para las máquinas de la imprenta familiar. Aunque sólo se fabricaban muy de vez en cuando nuevos juegos en Zyl, Darco mantenía las máquinas en funcionamiento para que no se estropearan por falta de uso.

El profesor retomó algo que había quedado pendiente de la clase anterior: la precisión de lenguaje con que debían ser redactadas las instrucciones.

—Nada de adjetivos innecesarios, ni metáforas, ni búsqueda de efectos. Nada de "cubos de la suerte" para referirse a los dados, ni de "mordió el polvo de la derrota" para señalar que un jugador ha perdido.

Ríos no pudo reprimir un bostezo. Darco lo advirtió:

—Muchos creen que esta materia es aburrida, pero les recuerdo que la redacción de instrucciones es fundamental para toda clase de juegos. Grandes inventores han fracasado porque sus reglas eran poco claras, o porque los juegos llegaban a situaciones no contempladas por el reglamento. A ver, el nuevo alumno: ¿qué es lo primero que debe decir un cuadernillo de instrucciones?

—Cómo empezar —dijo Dragó.

—No. El objetivo del juego. La meta está antes del comienzo. Todo se ordena con respecto a una meta. Eso es algo que Morodian ha aprendido muy bien, pero que nosotros aún no estamos en condiciones de entender.

OTRO NUEVO ALUMNO

Iván notó que Ríos vendía en los recreos una serie de papeles que llevaba en la mochila. Cada una de las hojas, escrita con letra clara, costaba veinticinco centavos.

—¿Son cuentos? —preguntó Iván.

—Anécdotas. Para que cuenten si faltan al colegio. Tengo clientes inclusive entre los que nunca faltan.

—¿Para qué quieren entonces las anécdotas?

—Los padres les preguntan: "¿Hoy cómo te fue?" Y a ellos, aunque fueron al colegio, a veces no se les ocurre nada. Entonces usan una de mis anécdotas y los padres quedan contentos.

—¿Y qué haces con la plata?

—Ahorro. Para cuando me vaya de Zyl.

A medida que aprendía cosas nuevas en las clases, Iván se interesaba más y más en los juegos. Llevaba a todas partes una libreta de bolsillo donde anotaba sus ideas. En el colegio de Zyl explicaban que inventar un juego consistía en tres pasos.

El primero era la imagen: la búsqueda del polo norte, una caminata por la selva, un combate entre dragones. También podía ser una imagen abstracta: fichas rojas contra negras. Nada le gustaba más a Iván que ese comienzo.

El siguiente paso era un poco más difícil: diseñar los elementos del juego, los mecanismos para avanzar, imaginar los obstáculos que debería enfrentar cada jugador. En este paso surgían toda clase de problemas; y muchas ideas que habían parecido buenas se revelaban imposibles.

El último paso consistía en redactar las instrucciones. Era el momento favorito del profesor Darco, pero el más aburrido para Iván. Y sin embargo cada juego necesitaba de esos tres pasos, porque, como decía Darco, cuanto más difícil de inventar es un juego, más fácil será de jugar.

Muy pronto, Iván estuvo entre los mejores alumnos del colegio. Ríos, en cambio, apenas hacía lo necesario para aprobar, porque los juegos no le interesaban.

—Cuando termine el colegio me escapo. Me llevo una valija con poca ropa y los pesos que me gané con las anécdotas. Nunca más vuelvo a pisar Zyl.

—¿Y tu padre qué dice?

—Él sólo piensa en sacar a Zyl de la ruina. Ahora está organizando el concurso de juegos del colegio.

—¿Voy a poder participar?

—Claro que sí. No se hace ningún concurso desde hace años. No será el gran torneo de Zyl pero al menos es un concurso.

—¿Te habla tu padre de Morodian?

—Me dijo que fueron amigos, en la medida en que se podía ser amigo de Morodian, que siempre estaba encerrado en su mundo. En los últimos años mi padre recibió quince invitaciones de la Compañía de los Juegos Profundos. Nunca me dijo nada, pero yo se las descubrí, encerradas en un cajón de su escritorio. Conserva cada carta con su sobre y su estampilla. Yo quiero que acepte, que nos vayamos de una vez. Él no se anima a tirar las invitaciones: todas las noches las mira, y después las vuelve a guardar.

Reinaldo Zenia, el director del colegio, era hijo de uno de los grandes fabricantes de cartas de Zyl. Además de las barajas españolas y francesas, la Casa Zenia había desarrollado sus propios personajes y habían vendido cientos de mazos trucados a las escuelas de magia del país. Pero el mayor éxito de la empresa fueron los naipes luminosos Zenia, que brillaban en la oscuridad. El hijo no pudo mantener en pie la pequeña empresa y prefirió dedicarse a la educación.

En sus clases, Reinaldo Zenia pasaba de una cosa a otra, y los alumnos tenían cierta dificultad para seguir el hilo de sus pensamientos. Comenzaba a hablar de la invención del ajedrez; esto lo llevaba al lugar del color negro en la historia de los juegos y de allí pasaba a describir los juegos que habían surgido en la Europa medieval a raíz de la peste negra. Y siempre terminaba echando de menos el pasado de Zyl, y preguntándose:

—¿Qué fue lo que falló?

Un mes y medio después de la llegada de Iván al colegio, Reinaldo Zenia entró a la clase con más energía que de costumbre. Dio dos o tres palmadas para llamar la atención y habló:

—Hace poco tiempo tuvimos el honor de que se anotara en nuestro colegio Iván Dragó. Y ahora la alegría se repite, porque voy a presentarles a otro alumno nuevo.

Iván no recordaba que hubieran hecho una presentación tan pomposa cuando él había llegado al colegio. Había ocupado su lugar en silencio, sin que nadie lo presentase.

—Como verán, no se trata de un alumno común. Sus cualidades morales e intelectuales son tan profundas que importantes instituciones lo han becado para venir aquí. El señor Dragó vino sobre todo por asuntos familiares; pero el nuevo estudiante viene por otra razón: para especializarse en juegos.

Zenia dio una señal al nuevo alumno para que entrara. Era más alto que todos los demás. Recorrió el aula con la mirada hasta encontrar a Iván.

Dijo el director:

—Les presento al señor Krebs.

EL SECRETO DE KREBS

Cuando llegó a su casa Nicolás le preguntó, como siempre, cómo le había ido. Iván estaba de tan malhumor que empezó a contarle, desganado, una de las anécdotas que vendía Ríos. Pero al fin pudo decir qué era lo que realmente le molestaba: la llegada de Krebs.

Su abuelo no parecía tan sorprendido como él.

—¿Qué tiene de raro que tu amigo Krebs haya ganado una beca?

—Krebs no es mi amigo. Y nadie le daría una beca de ninguna clase. Hay una trampa en todo esto.

—Pero si el director dijo que tiene extraordinarias aptitudes, significa que quizá cambió.

—Extraordinarias aptitudes para la estupidez. Krebs no vino por ninguna beca. Vino para vengarse.

En los días siguientes, Iván esperó que Krebs lo agrediera de algún modo, pero nada ocurrió. Lo trataba con indiferencia, como si apenas conservara de él un ligero recuerdo. Krebs mantenía la misma ignorancia que había mostrado en el colegio Possum, pero esta vez su conducta no causaba ninguna inquietud entre los profesores. En disciplina, era un alumno modelo.

Para tranquilizar a Iván, los acuáticos le propusieron vigilar los pasos de Krebs. Se turnaron para seguirlo. Ríos se levantaba el parche para espiarlo mejor. A los tres días le pasaron su primer informe: Krebs vivía como alumno pupilo en el colegio, no se veía con nadie e iba al correo día por medio.

—Tal vez le escribe a su familia —dijo Lagos.

—No creo que haya escrito una carta en su vida.

—Déjalo en nuestras manos. Vamos a descubrir a dónde envía su correspondencia —dijo Ríos.

La oficina de correos estaba frente a la estación de tren. La atendía Campos, un viejo cartero retirado, uno de los más antiguos habitantes de Zyl. Cada vez que alguien entraba a la oficina para comprar una estampilla, el ex cartero le contaba anécdotas de los tiempos de Aab: los juegos del fundador para que nadie recibiera la carta que le estaba destinada (sólo muchos años después se pudo normalizar la correspondencia), el ataque de las langostas gigantes, el derrumbe del castillo de naipes de cien pisos... Como ir al correo significaba hablar una hora con Campos, los habitantes de Zyl habían abandonado por completo la correspondencia.

Ríos les había dicho a sus padres que iba al correo, así que aprovecharon su sacrificio para llenarlo de cartas escritas muchos años atrás y nunca enviadas. Llenó su mochila de correspondencia y caminó hasta la estación. Faltaban unos minutos para las cuatro, la hora en que solía aparecer Krebs.

El viejo cartero solía inventar ardides para que sus interlocutores no se escaparan (por ejemplo, simular que se había quedado sin estampillas y pasarse las horas buscando una en los cajones polvorientos de la oficina). Pero al ver la cantidad de cartas que tenía Ríos, supo que no haría falta ningún truco. Sonrió con beatitud.

—Hace cuarenta años, cuando el viejo Aab recorría toda la ciudad a caballo, pensando en nuevos juegos... —empezó Campos. Pero algo lo interrumpió: había entrado Krebs.

—¿Algo para mí? —preguntó el recién llegado.

El viejo cartero sacó un sobre y se lo tendió. Krebs a su vez dejó una carta sobre la mesa. Ríos vio fugazmente el sobre: sólo llegó a leer *casilla de correo 7.777*. Krebs salió tan rápido como había llegado, sin darle tiempo a Campos a que le contara nada.

—Un gran joven, este Krebs —dijo el cartero—. Siempre está ocupado, no como usted, que se queda ahí esperando una buena anécdota. Así que le hablaré de las lluvias del 51...

Pero el cartero se había metido con la persona equivocada.

—Lo que usted me dice me recuerda la vez que el colegio se inundó —dijo Ríos, y empezó a contar una de las anécdotas que vendía por veinticinco centavos.

Una vez que hubo terminado, Campos trató de decir lo suyo:

—No fue ésa la única inundación. Recuerdo que en la época en que Aab construyó el laberinto...

Pero ya Ríos sacaba de su memoria los temas más pedidos de su repertorio: murciélagos en la oficina del director, la caída del falso meteorito, el desmayo del alfil negro durante la partida de ajedrez viviente.

Campos reconoció la derrota. Despachó las cartas y le pidió que se fuera, que tenía mucho trabajo, que la correspondencia era sagrada... Y apenas Ríos se marchó, colocó el cartel de *cerrado* en la puerta de vidrio.

—El paseo no sirvió de nada —dijo Ríos—. No tengo ningún nombre. Sólo sé que envía y recibe sobres, y que en los dos casos la dirección es la misma: casilla de correo 7.777.

—Es la casilla de correos correspondiente a Morodian —les dijo Iván—. Morodian contactó a Krebs y lo mandó aquí.

—Pero, ¿para qué? —preguntó Lagos.

Iván se encogió de hombros. No se le ocurría ninguna razón.

Pero cinco días después tuvo en claro que había una razón posible. Ese día se abrió la convocatoria para aspirar al premio al mejor inventor de juegos de Zyl, esta vez reservado sólo para los alumnos del colegio. Y el primero que se anotó fue Krebs.

A partir de entonces, Iván notó que todos sus compañeros, quienes antes habían ignorado a Krebs, ahora lo consultaban sobre muchos asuntos distintos. Él respondía a todo con evasivas, como si supiera las respuestas pero considerara imprudente revelarlas. Comenzó a correr el rumor de que su torpeza en todas las materias formaba parte de un plan para ganar el concurso: simulaba ineptitud para luego aprovechar el efecto sorpresa.

Iván estaba inquieto. No le importaba perder con cualquier otro: pero perder con Krebs sería una humillación insoportable... aunque fuera sólo un instrumento del verdadero competidor.

EL TALLER DE REYES

Para pensar, Iván necesitaba pasear. Mientras imaginaba el juego que mandaría al concurso, Iván recorría cada metro de Zyl: rodeaba la fábrica de dominó y las oficinas de la compañía nacional del yoyo, pasaba frente al galpón donde dormía el Cerebro mágico, aprovechaba para visitar el museo. Una tarde caminó tanto que llegó hasta las puertas del laberinto. No se dio cuenta de que se había hecho de noche y había refrescado, y en ese momento se enfermó. Y debió posponer la visita al laberinto hasta otra vez.

Su abuelo le preparó una taza de vino caliente con azúcar, clavo de olor y canela. La fiebre y el vino se combinaron en un largo desfile de pesadillas. Despertó transpirado y con un grito, pero ya tenía una idea.

Bocetó el juego, le encontró un título —La casa encantada— y luego le mostró los dibujos a Ríos.

—No entiendo nada —dijo su amigo.

La explicación del juego era tan incomprensible como los dibujos, pero Ríos alcanzó a identificar varios

elementos —un dado, una brújula, un reloj, un mapa—
que servían para guiarse por una casa.

—A medida que el jugador recorre la casa, los fantasmas alteran el funcionamiento de los elementos.
La brújula gira enloquecida, el mapa cambia de forma, el dado queda hechizado, el reloj marca cualquier
hora.

—¿Y cómo piensas conseguir ese efecto?

—Con mecanismos pequeños, que no tengo; ima-
nes, que tampoco tengo; y herramientas muy delica-
das... que no tengo.

Ríos volvió a mirar los dibujos.

—Mi padre tiene las llaves del taller del viejo Reyes,
que murió el año pasado. Armaba juegos diminutos con
mecanismos de relojería. Le podemos pedir que te deje
trabajar allí.

Esa misma noche visitaron el taller, al que nadie
había entrado desde la muerte de Reyes. Había una mesa de madera con toda clase de lentes, engranajes, mar-
tillos de relojero y sierras para cortar cristal. En un
estante había juegos de ajedrez y de damas en miniatura. Iván se sentó en un banco alto, abrió las cajas de herramientas y se puso a trabajar. Ni siquiera notó cuando
su amigo dijo "Hasta mañana" y se marchó.

En los días siguientes Iván estuvo tan concentrado
en su juego que dejó de aparecer por la plaza. Ríos se lamentó por haberlo ayudado a encontrar un lugar donde
trabajar.

—Es sólo hasta el concurso —le decía su padre, que
alguna vez había conocido la pasión por inventar—.
Después va a volver...

En el colegio, Iván permanecía ligeramente absorto, resolviendo mentalmente los problemas que le planteaba el juego.

—Mañana vamos a ir todos a pescar a la laguna —le dijo Ríos—. ¿Vienes?

—No. Me falta un mecanismo que no puedo resolver.

—Yo sí voy —dijo de pronto Krebs, asomándose a la conversación desde lo alto.

—¿No estás ocupado en tu juego? —le preguntó Ríos—. Faltan pocos días para el concurso.

Krebs había aprendido a hablar en forma pausada, para dar a sus palabras un aire de sabiduría:

—Hay un tiempo para trabajar y otro para estar con los amigos.

Y al día siguiente, mientras Iván terminaba de armar La casa encantada, Lagos, Ríos y Krebs, junto a varios alumnos más del colegio de Zyl, esperaban la llegada de los peces. Se habían apoderado del muelle y desde allí lanzaban sus lombrices a las tranquilas aguas de la laguna.

—Hace muy mal Dragó en descuidar a los amigos —dijo Krebs, como si pensara en voz alta.

Un coro de aprobación secundó sus palabras.

—Lo imagino trabajando día y noche en su cuarto...

Una voz lo corrigió:

—En realidad no trabaja en su cuarto, sino en el taller del viejo Reyes...

—¡Lagos! Se suponía que era un secreto —intervino Ríos.

—Sin gritar —dijo Krebs—. Los ruidos espantan a los peces. Además seguirá siendo un secreto, ya que a nadie se lo voy a contar.

Y dio un fuerte tirón a su caña, pero cuando recogió la línea el anzuelo estaba vacío. El pez se había comido la lombriz y había escapado.

—Me parece que vamos a volver con las manos vacías —dijo Ríos, para quien la pesca era la más aburrida de las actividades humanas, después de la invención de juegos.

—No tan vacías —susurró Krebs.

El día anterior a la competencia, Ríos encontró en la calle a Krebs, quien trató de ocultar una gran caja que había recibido por correo. Al ver que el otro trataba de desaparecer, lo detuvo.

—¿Qué hay en esa caja?

—Esas cosas que envían las madres cuando uno está lejos. Latas de comida y libros que a nadie le interesan.

—¿Puedo mirar?

Krebs puso la caja contra su espalda.

—Ahora no. Tengo que trabajar.

—Iván tenía razón. Ahí está el juego que te permitirá ganar. Enviado por la Compañía de los Juegos Profundos. Morodian decidió volver a participar en el concurso, después de tanto tiempo.

—No te preocupes por defender a Dragó. Él no pertenece a Zyl. Aunque todavía no lo sabe, siempre le perteneció a Morodian. Por eso está marcado. Por eso Morodian está armando un juego que lo tiene a él como protagonista.

Krebs extendió delante de Ríos un folleto. El otro leyó:

Si creen que conocen todos los juegos.
Y si creen que la vida no es un juego...

Es porque todavía no han descubierto el nuevo
producto de la Compañía de los Juegos Profundos:

La vida de Iván Dragó
(basado en hechos reales).

No le creas a los mayores: la vida sí es juego.
(Un Juego Profundo.)

Tiremos los dados otra vez.

Ríos hubiera querido retener el folleto para mostrárselo a Iván, pero Krebs se lo arrancó de las manos y se marchó.

Apurado, Ríos caminó hasta el taller de Reyes, para avisarle a Iván sobre el nuevo juego de la compañía. La luz entraba por una claraboya y mostraba el polvo que flotaba con la precisión de un microscopio. En el fondo, sentado en el piso de cemento, con la espalda contra la pared, Iván miraba el desastre. El tablero de su juego había sido convertido en astillas. De los mecanismos de La casa encantada —la armadura que levantaba el brazo derecho, la brújula que enloquecía, el fantasma en el ropero— sólo quedaban restos. Los resortes y engranajes se habían dispersado por el suelo.

—Entraron de noche. Seguramente me siguieron para ver dónde trabajaba —dijo Iván con voz clara.

Ríos pensó: "No necesitaban seguirte". Pero no dijo nada.

—¿No se puede reconstruir algo? —preguntó Ríos, aunque sabía que era una pregunta tonta.

—El concurso es mañana. No hay tiempo para arreglar ni siquiera uno de los mecanismos.

Juntó los pedazos en silencio. Ríos lo ayudó. Debajo de un armario encontró una perinola de colores, fabricada por él. Lo único que había escapado íntegro a la destrucción.

Iván la guardó en el bolsillo.

LOS COMPETIDORES

El concurso de juegos de Zyl se hizo un miércoles por la mañana en el patio del colegio. Hacía mucho tiempo que un evento no reunía a todo el pueblo. Acostumbrados a cruzarse con poca gente y a caminar por calles vacías, los habitantes de Zyl se movían incómodos en lo que para ellos era una multitud.

Contra la pared del fondo se instaló una tarima con sillas para los jurados. Muchos participantes se habían inscrito a último momento, y la competencia prometía ser larga. Los miembros del jurado eran cinco: Reinaldo Zenia, como director; la profesora Tremanti, en representación del cuerpo docente del colegio; Zelmar Cannobio, del Museo Municipal de Zyl; un tal Lenghi, enviado por una Asociación de Inventores de Juegos; y un ex alumno, Zamudio, que había sido el último ganador del concurso. Aquella vez Zamudio había ganado con un juego de palitos chinos que flotaban en el agua. Zamudio y Lenghi, ubicados en los extremos, miraban con desconfianza las patas de sus sillas, que estaban justo en el borde de la tarima.

El presidente del jurado, Reinaldo Zenia, comenzó su discurso:

—Mi padre fabricaba naipes luminosos. Tengo algunos mazos viejos, ajados, y todavía no han perdido su luz. Este concurso tampoco ha perdido su luz —los asistentes aplaudieron—. Y debemos agradecer al ingeniero Ríos su empeño. Como en los viejos tiempos, para integrar el jurado convocamos a un integrante por cada sector. Antes teníamos también con nosotros a un representante de la industria, pero ya no queda industria en Zyl. Y ahora, ¿quién quiere empezar?

Nadie quería ser el primero, y muchos estaban leyendo su propio reglamento, para hacer algún ajuste de último momento, o pegaban con adhesivo instantáneo las piezas flojas.

El primero que se animó fue Domenech, de sexto grado, hijo de la bibliotecaria de Zyl, que mostró a los jurados y al público una multitud de libritos.

—En cada volumen hay un pedazo de historia —explicó Domenech—. El propósito del juego es armar con esos fragmentos un cuento que tenga sentido.

Zelmar Cannobio, cuidador y director del museo de Zyl, tuvo la mala idea de pedir un ejemplo. Domenech empezó a leer una serie de historias incongruentes, sin pies ni cabeza. Lo único que se entendía era el final, que siempre era triste. Terremotos, volcanes en erupción, naufragios, amantes que morían después de darse un último beso.

En Zyl no acostumbraban interrumpir a nadie. Como en las reuniones eran siempre tan pocos, había tiempo para escuchar a todo el mundo. Sin embargo, al ver que Domenech ya arrancaba las primeras lágrimas a parte del público, con la historia de un niño a punto de ser devorado por pirañas, el director, Zenia, decidió interrumpirlo.

—Señor Domenech, si sigue leyendo nos vamos a poner todos a llorar. Esperemos que el siguiente participante nos ofrezca un final feliz.

Minutos más tarde Zenia tuvo que arrepentirse de sus palabras. La siguiente competidora, Catalina Freuer, de séptimo, había armado un yoyo esférico de madera roja. Su demostración de destreza no tuvo el final feliz que esperaba el director del colegio. El yoyo era tan pesado que cuando debía volver a su mano siguió de largo hasta su cabeza. El concurso se interrumpió hasta que llegaron noticias de la sala de primeros auxilios: aunque todavía no recordaba quién era, Catalina Freuer había recuperado la conciencia.

Después subió al escenario Latorre, también de séptimo, que ocultaba su cara detrás de su obra: un reglamento de cuarenta páginas para jugar a las escondidas. El profesor Darco, sentado en primera fila, aplaudió con fervor a su alumno predilecto. La profesora Tremanti leyó en voz alta algunas de las instrucciones:

—El que busca debe contar hasta mil quinientos si el tiempo es bueno, hasta dos mil si llueve y hasta dos mil quinientos en caso de nieve.

El público rió debido a que jamás había nevado en Zyl. Latorre no se dejó intimidar:

—Hice un reglamento que sirve para distintas partes del mundo y que contempla situaciones diversas, por ejemplo, las nevadas. Como quedan marcadas las huellas, es más fácil descubrir a los escondidos.

Hubo un murmullo de aceptación.

—¿Y por qué esas cuentas tan largas? —quiso saber Tremanti.

—Eso da tiempo suficiente para llegar a la estación y tomar el tren.

—¿Y cuánto es el tiempo máximo que dura la búsqueda?

—Año y medio.

—Mucho tiempo para permanecer escondido —reflexionó Tremanti.

—No para un japonés. Dos soldados se escondieron en una isla del Pacífico durante cuarenta años, creyendo que la Segunda Guerra Mundial continuaba.

El que había hablado no era Latorre, que ya se alejaba, incomprendido, con su reglamento bajo el brazo, sino Yamamoto, el único descendiente de japoneses de Zyl. El niño Yamamoto había construido un juego inspirado en la filosofía oriental. Fichas blancas y negras se movían en un tablero de madera con forma de estrella.

Yamamoto explicó las reglas, pero nadie las entendió. Extendió algunas cartulinas donde había trazado diagramas del juego, pero los miembros del jurado siguieron sin entender.

—Hay un punto que no nos queda del todo claro. ¿Cómo se comen las fichas? —lo interrogó Zamudio, el inventor de los palitos chinos flotantes.

—No se comen.

—¿Y cómo se gana?

—Nadie gana, nadie pierde.

—¿Cuál es el propósito del juego?

—El juego no tiene propósito —respondió el enigmático Yamamoto—. Sólo transcurre.

Subieron a escena treinta juegos más, y cada uno tuvo su explicación y su demostración. El más económico fue un juego que se armaba con esas cartas perdidas que aparecen en el fondo de los cajones, quince de un mazo, treinta de otro y siete de otro más. El más complicado, un juego preparado por el grupo de boy-scouts de Zyl, que implicaba globos llenos de gas, cañitas voladoras que debían impactar en los globos y palomas mensajeras. Las cosas no salieron como estaba previsto. Una paloma fue accidentalmente alcanzada por una cañita, y cayó en picada sobre el público, como un mensaje de mal agüero.

A la una y media el concurso se interrumpió, para que los jurados, los participantes y los espectadores pudieran comer algo. En un rincón del patio se vendían empanadas y gaseosas. Al cabo de una hora el director del colegio invitó con insistencia a los jurados a regresar a la tarima, y a los espectadores a sus asientos.

Una vez reanudado el certamen, algunos jurados empezaron a cabecear. En una de estas cabeceadas, Lenghi, de la Asociación de Inventores, se cayó de la tarima. Ofendido por alguna carcajada, abandonó su puesto y se marchó.

Entre los que se aburrían estaba Ríos, a quien nada le importaban los juegos. Se puso el parche en su ojo derecho para enfocar mejor con el izquierdo y buscó a su amigo Iván. No estaba en la fila que formaban los competidores. Tampoco entre el público.

—Vamos a buscarlo —le dijo Ríos a Lagos.

—Debe querer estar solo. Mejor lo dejamos tranquilo —opinó Lagos. Pero Ríos lo arrastró fuera del colegio.

129

Apenas salieron del edificio vieron a Iván, que avanzaba hacia ellos por las calles polvorientas. Los acuáticos esperaban que se le hubiera ocurrido algo a último momento. Pero Iván caminaba sin apuro y con las manos vacías.

EL SOMBRERO DEL TRIUNFO

Finalmente llegó el turno a Krebs. Alto y vestido de negro, parecía un mago profesional. La Compañía de los Juegos Profundos le había enviado por correo un esmoquin que contrastaba con los pantalones rotos en las rodillas y las remeras viejas de los otros participantes. En Zyl casi no había ropa nueva: los hermanos mayores les pasaban las prendas a los menores; los menores, a los amigos, y así la cadena seguía hasta que las prendas se desintegraban en su milésimo lavado. Cuando una prenda desaparecía, se guardaban los botones para usar como fichas en los juegos.

Krebs subió a la tarima de un salto. Luego sacó del bolsillo de su esmoquin un mazo de cartas ilustradas con imágenes de guerreros que vestían armaduras y dragones de brillantes escamas. Ninguno de los juegos presentados había tenido el grado de perfección que alcanzaban las cartas de Krebs. Las mostró al público y dejó algunas en las manos de los jurados. Quien tomaba una tenía la sensación de tocar verdaderas escamas de reptil. Krebs explicó que cada jugador debía cazar tantos dragones como pudiera. Algunas cartas aumentaban el poder de los cazadores; otras servían para curar sus heridas.

La profesora Tremanti leyó el reglamento.

—De acuerdo con lo que puedo entender, tiene ventaja el que tiene más cartas.

—Así es. El que se haya comprado un mayor número de mazos tendrá más posibilidades de ganar.

La profesora Tremanti negó con la cabeza. Había vivido toda la vida en Zyl, sin contaminarse con las ideas de la Compañía de los Juegos Profundos.

—Este reglamento está contra la lógica de todo juego. Consideremos el ajedrez, por ejemplo. Igual cantidad de fichas, iguales reglas para los dos jugadores. ¿Qué sentido tendría que uno jugara con unos pocos peones y el otro con cinco torres y tres reinas?

—Pero el ajedrez no nos da una imagen de la vida real y este juego sí. Con el ajedrez los adultos engañan a los niños haciéndoles creer que todo el mundo tiene las mismas oportunidades. Este juego enseña que el que tiene más medios cuenta con más posibilidades. Ya que no podemos corregir la vida, corregimos los juegos.

La profesora Tremanti no parecía conforme, pero el resto del jurado miraba extasiado las ilustraciones de las cartas. Ya se habían olvidado de los demás participantes.

—¿No queda nadie más? —preguntó el director, apurado por conceder el premio—. Aquí tengo anotado a Iván Dragó.

La profesora Tremanti se había quedado leyendo el reglamento de Krebs. Murmuraba para sí, indignada, señalando una falla aquí, otra allá. Krebs se lo arrebató de las manos antes de que sus normas provocaran más controversia.

La profesora Tremanti miró hacia el público. Sabía que si Dragó no participaba, acabaría por ganar Krebs.

—En vista de que el último participante que tenemos anotado no se presenta, damos por terminada la competencia. Ahora sólo falta que el jurado...

Entre el público hubo un rumor de decepción. Todos habían oído que Dragó era bueno de verdad; todos sabían que pertenecía a una de las familias fundadoras de Zyl.

Cuando los jurados se preparaban para votar, una voz se abrió paso desde el fondo.

—Aquí estoy —dijo Iván.

Estaba pálido, porque luego de la fiebre no había salido al aire libre ni un solo día. Despeinado y ojeroso, llevaba la ropa con tal grado de desaliño que parecía un mendigo.

—Olvídense de él —dijo Krebs—. Tiene las manos vacías.

—Es cierto —dijo Iván—. Tengo las manos vacías. Pero algo me queda en el bolsillo.

Sacó la pequeña perinola, pintada de todos colores. El director la miró con escepticismo.

—Señor Dragó, yo sé que la juventud ignora las cosas del pasado, pero debo informarle que la perinola ya ha sido inventada.

Iván llegó hasta los escalones que llevaban a la tarima, pero no subió. Se agachó e hizo girar la perinola sobre las baldosas del patio.

Pasaron cinco minutos.

—¿Qué están mirando? —dijo Krebs. Seguía en la tarima, mirando todo desde lo alto—. Es sólo una perinola, y además fallada. Las perinolas que funcionan se detienen.

Pasaron diez minutos. El juguete continuaba girando, con la indiferencia de los electrones y de los planetas.

El jurado se reunió a deliberar. Cada tanto daban una ojeada a la perinola, siempre en movimiento. Por momentos parecía detenerse y dejaba ver cada uno de sus seis lados, pero luego recuperaba velocidad y mezclaba sus colores.

El director del colegio se puso de pie:

—Estamos muy contentos de haber recuperado esta tradición después de tantos años. Como tal vez recuerden los mayores, al ganador le corresponde un sombrero de triunfo —Zenia mostró un sombrero negro con una cinta amarilla— y un premio que mantenemos en secreto hasta la entrega.

El hecho de entregar un sombrero negro en lugar de una corona de laurel no era un capricho de Zenia sino un homenaje al viejo Aab. El fundador de Zyl siempre usaba sombrero, como era común en su época. Aab había observado que la única prenda con la que se podía jugar era el sombrero: era un juguete arrojadizo (con el que se podía hacer puntería) y también servía para intentar embocar objetos en su interior. El fundador de Zyl acostumbraba usar sombreros con cinta amarilla, porque ese color le permitía encontrarlos más fácilmente cuando recorría los campos practicando el juego. A pesar de la cinta amarilla, perdió muchos sombreros y cada tanto, en los años siguientes a su muerte, algún habitante de Zyl encontraba alguna de estas piezas históricas en lo alto de una rama o entre los pastos, y la llevaba al museo de Zyl.

Krebs se había negado a bajar de la tarima: se quedaría allí hasta recibir el premio. Pero Reinaldo Zenia, en un movimiento veloz, arrojó el sombrero del triunfo hacia la cabeza de Iván. Dragó no esperaba el tiro, y no movió la cabeza, pero el sombrero, después de dar varios giros, se encajó a la perfección. Todos aplaudieron, menos Krebs. La perinola seguía girando.

—Y ahora, el premio.

El director buscó en los bolsillos de su saco, como un novio nervioso que no encuentra el anillo. Al final, en el fondo de un bolsillo roto apareció lo que buscaba: una llave.

Iván pensó que era algo simbólico, algo así como la llave de la ciudad. El director anunció:

—Es la llave del Cerebro mágico.

Y todos abandonaron el patio, olvidando allí a la perinola, que siguió girando y girando, no sabemos hasta cuándo.

EL CEREBRO MÁGICO

Todos se acercaron a felicitar a Iván. También Krebs. Le habló casi en un susurro, para que nadie más que él lo oyera:

—Una vez, hace muchos años, el más grande inventor de juegos perdió el concurso. Y eso significó la decadencia de Zyl. Hoy tenían la oportunidad de reparar el error. Y volvieron a equivocarse. Esta ciudad está condenada.

Iván tomó a Krebs del brazo, oprimiendo ligeramente su malogrado tatuaje.

—Perdiste en el colegio Possum y volviste a perder ahora. Nunca inventaste nada.

—Inventé la destrucción de tu juego. Eso salió de mi propia iniciativa.

—Y hasta eso te salió mal.

—No es a mí a quien las cosas le salieron mal. Si hubieras perdido, habrías terminado por rechazar a Zyl y hubieras encontrado otro destino: la Compañía de los Juegos Profundos. ¡No estas ruinas, estos galpones, estas fábricas habitadas por ratas, estas rayuelas casi borradas!

Krebs se despidió con un empujón. Iván cayó al suelo, y el viento arrastró el sombrero del triunfo.

Unos minutos más tarde, Iván se reunió con Ríos y Lagos en la plaza del caballo negro.

—¿A ver la llave? —preguntó Ríos.

Se puso el parche en el ojo derecho y se quedó mirándola un rato.

—Mi padre trabajó duro para arreglar el Cerebro mágico. Pero no sabe si lo logró. Hay tantos cables y mecanismos, y todos están estropeados...

—Pero ¿responde?

—Él dice que lo más difícil de todo es que las preguntas funcionen. ¿Cuál es la tuya?

Iván todavía no se había decidido, aunque el nombre de Morodian rondaba su cabeza.

—¿Puedo hacer más de una pregunta?

—Eso todavía no lo sabemos —contestó Ríos. Y se pusieron en marcha hacia el galpón donde dormía el Cerebro mágico.

En un cartel se veía la cara del adivino, con sus ojos inmensos, su bigote atusado en grandes espirales y su turbante azul. Iván puso la llave en la cerradura y abrió la puerta. Entrar al galpón era entrar al pasado.

Todo estaba oscuro. Ríos, que conocía mejor el lugar, corrió unas pesadas cortinas que alguna vez habían sido amarillas, y la luz entró con timidez.

Una montaña de cajas de cartón repetía en colores chillones la cara del adivino. En el fondo, sentado frente a una mesa de madera, estaba el Cerebro mágico. La cabeza era demasiado grande para los hombros angostos. En la punta de la nariz, el esmalte se había saltado.

Las pupilas eran pequeñas lamparitas sin vida. Frente a él había una bola de cristal donde se posaban las manos de yeso.

—Antes estaba cubierto de telarañas, tenía la túnica desgarrada y le faltaban los botones. Papá estuvo buscando hasta encontrar unos botones dorados parecidos a los originales.

Iván quiso decir algo a favor del autómata, a favor del padre de Ríos, a favor de la fe que los habitantes de Zyl ponían en aquel muñeco. Pero aun con su túnica zurcida, con sus nuevos botones y con su mecanismo supuestamente reparado, el adivino parecía la criatura más triste del mundo.

—¿Y qué le preguntaban los chicos que venían hasta acá? —quiso saber Iván.

—Hacían una larga fila durante mucho tiempo. Esperaban ese momento con tanta ansiedad, que cuando se veían frente al Cerebro mágico, no se atrevían a preguntar nada.

—¿Y cómo me responderá? —Iván imaginaba que si aquella figura de cera realmente decía algo, ellos echarían a correr por la calle.

—Contesta a través de la bola de cristal. Si la enciende una vez es "sí". Dos veces es "no". Cuando lo conecte, vas a ver que sus ojos se iluminan y las manos comienzan a moverse.

Los ojos del Cerebro mágico parecían tan apagados como si no hubiera energía en el mundo capaz de arrancarles una chispa.

Detrás de un biombo estaban los controles del muñeco. Había tres llaves eléctricas. Con la primera, se encendieron los ojos, que brillaron con una luz roja; con la segunda, comenzaron a moverse los brazos (el derecho con alguna dificultad). Con la tercera, la bola de cristal se encendió una vez.

—¡Funciona! —dijo Lagos—. Es un milagro.

—No, es mi padre que lo arregló.

—Eso quería decir: es un milagro que tu padre haya arreglado algo. Pasaron ya unos segundos y todavía no saltó la instalación eléctrica.

Lagos y Ríos miraron a Iván.

—Llegó el momento de tu pregunta.

Iván pensó durante un minuto.

—¿Estuvo Morodian detrás de las cosas que me pasaron?

La bola de cristal se encendió con una luz blanca, intensa, que le dio algo de vida a la cara del Cerebro mágico.

Los tres se quedaron en un respetuoso silencio.

—¿Pruebo con otra?

—Prueba. No hay nada que perder —dijo Ríos.

—¿Morodian está jugando conmigo?

La luz volvió a encenderse y a Iván le pareció que el autómata inclinaba la cabeza hacia adelante, en señal de asentimiento.

—¿Debo partir en busca de Morodian?

La luz se encendió una vez.

—Sí...

Y luego otra vez.

—No...

Y siguió parpadeando.

—¿Sí o no?

La luz siguió parpadeando hasta que se produjo un fogonazo. Los tres amigos dieron un salto. Los ojos del autómata brillaron con más intensidad y luego se apagaron. La luz de la bola de cristal quedó reducida a unos tímidos filamentos rojos.

—Era un arreglo provisorio, ya ves... —Ríos se sentía un poco avergonzado por la corta vida del Cerebro mágico.

—¿Qué les pareció a ustedes? ¿Dijo que sí o que no?

—Para mí que dijo que no —dijo Ríos.

—Para mí, que sí —dijo Lagos.

Se quedaron en silencio. El sistema mecánico del muñeco todavía seguía funcionando, y las manos se movían alrededor de la bola de cristal.

—En realidad no necesito ningún Cerebro mágico para saber lo que tengo que hacer.

Los dos amigos se quedaron en silencio, como si temieran que el autómata tomara a mal las palabras de Iván.

—¿Y si no vuelves? —preguntó Ríos—. ¿Si te quedas para siempre en la Compañía de los Juegos Profundos?

Iván mostró su mano.

—Voy a pedirle a Morodian la pieza que le falta a Zyl para traerla de regreso.

El Cerebro mágico pareció no estar de acuerdo con las palabras de Iván, porque hizo una nueva explosión y empezó a echar humo por los ojos. Y con esa última señal expulsó a los amigos del galpón.

EL LABERINTO

La noche anterior a la partida sus dos amigos lo visitaron para despedirse. Durante cuatro horas se encerraron en el cuarto de Iván. Conversaban en voz baja: Iván no quería que Nicolás se enterara de sus planes de visitar la Compañía de los Juegos Profundos. Le había dicho que viajaba a la capital para visitar a su tía. Era cierto que pensaba visitar a Elena, pero apenas pudiera entraría en los dominios de Morodian. Ríos le insistió para que se llevara su parche, como amuleto, pero Iván se negó, porque tenía miedo de perderlo. Los acuáticos lo miraban con gravedad mientras lo despedían, como si en lugar de irse a la ciudad, fuera rumbo a un país desconocido y salvaje.

Iván llegó solo a la estación, porque su abuelo estaba en cama. Después de todo un día con los ventiladores encendidos para acelerar el secado de un rompecabezas, el viento había terminado por enfermarlo. A las ocho de la mañana, diez minutos antes de la partida del tren, Iván subió al vagón. Dejó su mochila en el portaequipajes y ocupó su asiento, a la espera de la bocina que anunciaba la partida. Había viajado tan pocas veces, que lo emocionaban esos minutos previos, cuando parece que no sólo empieza un viaje, sino una vida nueva.

Llegó la hora de la partida, pero el tren siguió en el andén. Los minutos pasaban, la impaciencia crecía. La gente que se saludaba se cansó de saludar, y los que despedían y los despedidos ya se miraban con fastidio. Al fin el guardia anunció malas noticias: un tren nocturno se había descarrilado a treinta kilómetros de Zyl y el viaje se posponía al menos dos horas.

Iván no tenía ganas de volver a la casa de su abuelo. Decidió aprovechar para visitar el laberinto. Había memorizado el mapa-rompecabezas del museo y sabía que debía seguir por la avenida de los Dos Reyes, cruzar un descampado que limitaba con la antigua fábrica de soldados de plomo, y continuar hasta el fin del camino. Dejó la mochila sobre el portaequipajes del vagón y caminó más allá de los últimos vestigios de la ciudad. Estaba orgulloso por conocer Zyl mejor que los mismos zyledinos.

Diversos carteles indicadores daban equívocos indicios de la ubicación del laberinto. Eran parte del juego: uno señalaba una laguna; otro, hacia el campo sin límites. El laberinto hacía que los visitantes se extraviaran aun antes de entrar en él. Pero Iván tenía en su cabeza el mapa-rompecabezas y no se dejó engañar por las falsas señales. Pronto vio el cartel de madera que colgaba de dos cadenas oxidadas. El viento movía pesadamente el cartel y las cadenas chirriaban.

Le habían advertido que el laberinto era intrincado, pero no había imaginado hasta qué punto. No era sólo un complicado diseño de caminos, sino también una

EL ESCARABAJO VERDE

Recorrió el pasillo probando si alguna de las puertas se abría, hasta encontrar una sala de biblioteca con estanterías en las cuatro paredes. En el centro de la sala, frente a una mesa de madera oscura, un lector contemplaba la portada de un libro.

—El que entra por primera vez debe leer la advertencia —dijo el lector, sin mirar a Iván, y señaló un cartel escrito en letras góticas que colgaba de la pared, sobre el marco de la puerta:

Advertencia

Estos libros que pueblan los estantes
no son obras comunes. A menudo
a los incautos sorprenden. Y ya antes
a más de un lector dejaron mudo.

A quien entra aquí nadie le impide
que a la risa se entregue, aun al sueño.

Pero de algo mejor es que se cuide:
no debe actuar como si fuera el dueño.

Si alguien saca un libro por la puerta
el juego deja atrás la maravilla
y la ira del Profundo se despierta.
Ahora el nombre del juego es Pesadilla.

El lector tenía algún año más que Iván. Parecía haber crecido de golpe, porque la ropa le quedaba chica. Los botones del pecho estaban a punto de estallar, las mangas de la camisa llegaban sólo hasta la mitad del antebrazo, y cuando se levantó para saludarlo, los pantalones dejaron sus tobillos al descubierto.

—¿Tu nombre?

—Soy Iván Dragó. Esperaba que alguien viniera a recibirme.

—Yo también soy Iván Dragó —dijo el otro con una sonrisa tímida, mientras le mostraba el tatuaje en su mano derecha. Exactamente igual al suyo, aunque los colores eran menos intensos. Tal vez salía con un poco de agua y jabón.

Entonces Iván reconoció las prendas que usaba el otro: él también había tenido, años atrás, una camisa a rayas rojas y blancas y un pantalón azul y unas zapatillas negras.

—Yo soy el verdadero Iván Dragó.

—Yo no, gracias a Dios. Soy un Iván Dragó profesional.

—Un Iván falso.

—Falso no. Profesional. Trabajo de esto. Me contrataron para ocupar tu lugar en las representaciones.

—¿Qué clase de representaciones?

—Tu vida, allá afuera.

El otro fue hasta los ventanales. Lloviznaba. Desde allí se veía el viejo parque de diversiones, con algunos juegos a medio desarmar. Autitos chocadores que ya no chocaban a nadie, caballos de calesita sin cabeza y esqueletos del tren fantasma bloqueaban los caminos del parque. El puesto del tiro a los patos permanecía intacto, bajo una fuerte iluminación. Los patos brillaban, recién pintados.

En el fondo, el viento mecía un ojo gigantesco. Cuatro sogas mantenían al globo atado al suelo. Era idéntico al que habían usado sus padres para desaparecer del mundo.

—¿Qué es todo esto? —preguntó Iván, casi sin voz.

—Morodian organizó una representación para que los dibujantes pudieran tener un modelo como inspiración. En los rincones del parque hay réplicas de tu cuarto, del museo de Zyl, de la casa de tu abuelo. Cuando el juego esté listo, se abrirá el Parque Profundo y los visitantes dispararán a los patos de latón, como Iván Dragó hizo una vez, y tratarán de no acertar, para ser fieles a su héroe. Entrarán a su cuarto, donde habrá un televisor con las imágenes de *Lucha sin fin*; subirán a una réplica del colegio Possum, que se hundirá entre temblores, y asistirán al último viaje de sus padres...

Iván se apartó de la ventana.

—Quiero ver a Morodian.

—Imposible, está durmiendo.

—Puedo despertarlo.

—El sueño es trabajo. Las pesadillas son la parte más dura del oficio. Quizá te guíe hasta allí, si me prometes no despertarlo.

—Prometo...

—Pero no todavía... Sólo cuando entre en el Sueño Profundo. Falta una hora. Mientras tanto, todos los libros están a tu disposición.

Iván recorrió las estanterías. Una escalera permitía alcanzar los volúmenes más altos. La escalera tenía en su parte superior dos garras de bronce, que se enganchaban en un barral. Subió hasta la cima de la escalera. Su cabeza rozaba el techo de la biblioteca. No reconocía ninguno de los libros que tenía frente a sus ojos.

—¿Son libros sobre juegos?

—No. Cada libro es a la vez un juego. Hay que tener mucho cuidado al abrirlos. Nunca se sabe de qué clase de juegos se trata.

El falso Iván le mostró el libro que había estado hojeando. Era un libro troquelado. Al abrirlo, apareció un castillo.

—En las primeras páginas todo parece fácil —dijo el falso Iván—. Pero a medida que uno entra en el juego...

Desplegó con cuidado las páginas siguientes. En una surgieron dos torres; en otra se multiplicaron las murallas. En la quinta o sexta página, el castillo ya había invadido la mesa. Cuando el falso Iván abrió el puente levadizo, por allí avanzaron unos caballeros de papel plateado con las lanzas en ristre. Las tapas del libro se habían perdido de vista, devoradas por la construcción que se desplegaba.

—¿Todos son así?

—Todos son distintos.

Desde el cuarto peldaño de la escalera, Iván tomó un volumen azul. En la tapa se veía el dibujo de una nube y unos caracteres chinos. Al abrirlo, un chorro de agua cayó desde sus páginas y le mojó las zapatillas.

—Tenía entendido que había una nube dentro de ese libro —dijo el falso Iván—. Bueno, se ha largado a llover.

Iván lo dejó en su sitio.

—No te desanimes. Hay tantos libros...

Alcanzó uno titulado *El arte del rompecabezas*. "Al menos", pensó, "está escrito en español". Cuando intentó abrirlo, el libro se deshizo en una multitud de piezas para encastrar. Eran tan pequeñas que reconstruirlo podría llevarle el resto de la noche.

—¿No hay algún libro que se pueda leer?

—Cerca de tu mano. Ahí. *El escarabajo verde*. ¿Te interesa el mundo de los insectos?

En la tapa se veía el lomo de un escarabajo verde con lunares negros. Temió que fuera un libro para niños.

El libro era pesado y cuando lo quiso bajar algo se movió en su interior con brusquedad. Iván, asustado, lo soltó. El libro cayó al suelo con un ruido metálico.

—¿Lo rompí? —preguntó Iván.

Pero el libro no parecía roto en absoluto. Entre sus páginas se activó algún mecanismo. La portada del libro tembló y tres patas negras aparecieron de cada lado y luego asomó una cabeza de insecto con dos antenas de metal. El libro, ya convertido en escarabajo, cruzó la sala y escapó por la puerta entreabierta.

El falso Iván señaló el cartel:

—Ahí dice con toda claridad que no hay que sacar los libros de la sala.

—Pero yo no lo saqué... Se escapó.

—Quien toca un libro es responsable de él hasta que el libro vuelve a su lugar en la biblioteca. No importa a dónde vaya o en qué se transforme. Si no, como dice el cartel, conocerás la ira del Profundo.

—¿El Profundo?

—Morodian, el Señor Profundo. Ése es el título que se ha dado a sí mismo.

Iván se acercó a la puerta abierta, pero el escarabajo no se veía en ninguna parte. Quizás hubiese desaparecido en el fondo del pasillo.

—Será mejor que vayas a buscarlo —dijo el falso Iván—. Ahora el nombre del juego es Pesadilla.

LA HABITACIÓN DE LOS SUEÑOS

Iván corrió hasta el fondo del pasillo y llegó a ver al escarabajo que se perdía en un recodo. Más veloz que el libro, lo alcanzó antes de que cayera por la escalera. El mecanismo del libro parecía estar a punto de agotarse, las patas del escarabajo se movían con lentitud y un rumor a engranaje oxidado se dejaba oír a través de la portada. No dejaba de ser un milagro que aquel libro se moviera, pero ahora era un milagro cansado. Cuando Iván estiró la mano para tomarlo, el libro, como si hubiera encontrado una solución a su problema en alguna de sus muchas páginas, rodó escaleras abajo y se perdió de vista.

El falso Iván estaba junto a él.

—¿Me estás siguiendo? —preguntó Iván.

—Quiero ver cómo actúa el verdadero Iván Dragó. Me sirve para comparar hasta qué punto soy fiel al modelo. La verdad es que estoy un poco decepcionado.

—¿Qué esperabas?

—Cuando yo hago de Iván Dragó, pongo más fuerza, más expresión. Por ejemplo, recién, en la escena del escarabajo, me hubiera tirado por las escaleras.

—No es mala idea —dijo Iván, y le dio un leve empujón.

El falso Iván, que era bastante torpe, estuvo a punto de caer rodando. Bajó los escalones a zancadas y terminó sentado en el piso. Pero estaba menos preocupado por la caída que por el libro. Miró con alarma el camino que había tomado el escarabajo verde.

—Lo que me temía —dijo—. El libro acaba de entrar en la habitación de los sueños de Morodian.

La escalera los había llevado a un *hall* de paredes blancas, donde había una única puerta, que estaba entreabierta. El falso Iván le hizo una señal de silencio y se asomó a la habitación.

—¿Ahí duerme Morodian?

—Silencio... —el falso Iván trató de escuchar—. Todavía no empieza a hablar.

Iván se asomó. La habitación era prodigiosamente grande. En el centro, en una cama gigante, con una cabecera que mostraba figuras de bronce, dormía Morodian. Era un hombre alto, pero la cama era tan grande que parecía diminuto. Respiraba pesadamente, y movía los dedos de las manos continuamente. Iván reconoció los largos dedos blancos que había visto en el televisor.

Los párpados eran casi transparentes; a través de ellos se podía ver el movimiento de sus grandes ojos vigilantes.

—¿Sabe que estoy aquí?

—Sabe que estás, pero no distingue qué es real y qué no. Te ha incorporado a sus sueños. Mientras estás aquí, conmigo, estás a la vez en el vientre de una ballena, o en el sótano de un castillo.

Junto a la cama había un hombre vestido de negro con un cuaderno en las rodillas y un artefacto que era a la vez lapicera y linterna. Esperaba el momento de empezar a tomar nota.

El falso Iván susurró:

—Uno de los trabajos más difíciles de la Compañía de los Juegos Profundos es el de anotar los sueños de Morodian. Hay un departamento especial que se ocupa del asunto, y están mejor pagados que los dibujantes, y aun que los ingenieros de juegos. Los llamamos los escribas del sueño. Son tres: duermen de día, y de noche se van turnando para cumplir con esta tarea. Morodian nunca duerme si no hay alguien que tome nota de sus sueños.

—Pero no dice nada. Duerme profundamente.

—Hacia las dos de la mañana empieza a hablar. A veces forma frases con sentido, otras veces palabras sueltas, o habla en lenguas extrañas. El trabajo de escriba del sueño es muy complicado y exige una gran sensibilidad, porque no basta con tomar nota. Si los sueños tardan en aparecer, o si se repiten sueños ya soñados, el escriba debe estimular a Morodian. Hace sonar una campana de cristal, o pasa la grabación del ruido de un tren, o aplasta una rosa frente a su nariz.

El escriba miró a los recién llegados con reprobación.

—Ya nos vamos —dijo el falso Iván. Y dirigiéndose a Dragó, explicó—: Son muy celosos de su trabajo. No quieren que nadie esté presente. Cada uno tiene su propia técnica y sus secretos para hacer soñar a Morodian, y no quieren que los otros se los copien. El que está ahora se llama Razum, y es muy malhumorado, aunque tiene fama de ser el más riguroso. Quinterión, el más joven, es un poco atropellado, y más de una vez estuvo a punto de despertar a Morodian. ¡Imagínate lo que eso significa, despertar al Profundo en mitad de un sueño! Tardó en aprender que los estímulos deben ser sutiles, y que las trompetas, los desplazamientos de la cama y las jaulas con fieras estaban fuera de lugar.

Morodian se movió bruscamente y dijo alguna palabra incomprensible. El falso Iván bajó la voz.

—El mejor era Arsenio. Conocía el secreto para arrancar de Morodian exactamente lo que quería. Si Morodian deseaba hacer un juego que representara la vida subterránea, sabía cómo sugerir túneles y sótanos. Las pesadillas le obedecían. Tenía tanto poder sobre Morodian que finalmente cayó en desgracia.

—Silencio —dijo el escriba Razum, de mal modo.

Morodian había empezado a hablar. Iván no llegó a entender lo que decía. Hablaba con una voz gutural, profunda, como si alguien o algo hablara desde su interior. Pero era evidente que Razum había entendido todo, porque su lapicera luminosa ya volaba sobre el papel.

—Antes de irnos tenemos que encontrar el libro —dijo el falso Iván. Y se repartieron la tarea de buscar por el cuarto.

La voz de Morodian seguía sonando, lastimera. El sueño aún no era una pesadilla, pero ya encerraba un dolor profundo.

Iván buscó debajo de la cama. Encontró unas viejas pantuflas, dos ejemplares de *Las aventuras de Víctor Jade* y unas hojas escritas a máquina que parecían el reglamento de un juego, pero el libro no estaba allí. Su cabeza chocó con un obstáculo. Lo iluminó con su linterna de bolsillo. Era una caja negra, pesada, que se cerraba con un broche dorado. No había señales del escarabajo.

—Lo tengo —dijo el otro Iván, desde un rincón del cuarto.

Al ser descubierto, el libro hizo un ruido que sonó como un gemido de decepción y que estuvo a punto de despertar a Morodian. El Profundo se sentó en la cama y registró con los ojos cerrados la habitación. Una gota de sudor cruzó la frente del escriba y cayó sobre la página.

Morodian vestía un pijama de franela gris. De su pecho colgaba una serie de medallas ganadas en concursos de juegos durante su juventud. Las medallas le daban al pijama un aire militar. En el cuello llevaba una cadena, de la que colgaba una esfera de cristal. Iván vio con claridad que en el interior de la esfera estaba la pieza robada del rompecabezas de Zyl. Tuvo el impulso de arrancar el amuleto y escapar. Pero había tanto por ver en la Compañía de los Juegos Profundos...

—Váyanse ya —ordenó Razum, que apenas podía contenerse. La mano que sostenía la lapicera temblaba—. Miren cómo se ha trabado el sueño de Morodian.

Razum abrió una valija de cuero negro que parecía el maletín de un médico y sacó de ella una pequeña caja. De ahí tomó un puñado de hojas secas que comenzó a frotar muy cerca de la cara de Morodian.

Iván y el falso Iván se marcharon con el libro capturado, mientras Morodian articulaba frases de las que sólo se entendían algunas palabras: ...*pobre... jardinero... salida... los... caminos... Zyl...*

EL CUARTO DE IVÁN

Habían regresado a la biblioteca. El escarabajo verde guardó sus patas entre sus páginas y aceptó volver a su sueño, en espera de algún nuevo lector imprudente. El falso Iván respiró con tranquilidad al ver al libro en su lugar correcto.

—No hay nada que moleste más a Morodian que los libros fuera de sitio. Había un dibujante, Reynal, que se pasaba las tardes en la biblioteca, sacando un libro de aquí, otro de allá. Siempre se le escapaba alguno. Una vez saltó una enciclopedia por la ventana. Morodian se enojó terriblemente. No volvimos a saber nada del libro.

—¿Y qué le pasó al dibujante?

—De Reynal tampoco volvimos a saber nada.

Iván iba a tomar un nuevo libro, pero prefirió dejar las cosas como estaban.

—Para permanecer en la compañía es imprescindible que tengas una ocupación. Está prohibido ir de aquí para allá.

Iván bostezó. Todo el cansancio del día se le vino encima.

—Una vez que haya dormido unas horas, puedo ponerme a trabajar. Ya es tarde para volver a la casa de mi tía. ¿Dónde puedo dormir?

—Aquí, sobre los libros, basta con poner algunos sobre el suelo. Los de abajo son los menos peligrosos —el falso Iván dio un largo bostezo—. Ahora me tengo que ir. Hace tiempo que terminó mi horario de trabajo.

—Tendría que llamar a mi tía. Debe de estar preocupada...

—Ya se han hecho todas las llamadas necesarias.

Iván se quedó solo, feliz de librarse del otro.

Antes de dormir necesitaba ir al baño. En su largo recorrido en busca del libro no había visto ninguna señal de un baño en los alrededores. Pero ahora era tanto el silencio que una canilla que goteaba lo guió hasta el fondo de un pasillo.

Abrió la canilla y bebió tanta agua como pudo. En el baño había una ventana por la que se veía el parque, con sus juegos mecánicos abandonados, y las oscuras habitaciones que, según el falso Iván, eran reconstrucciones de su vida.

—Si lo que dijo es cierto, entonces allí abajo están mi cuarto y mi cama. No importa que no sean los verdaderos.

Bajó por las escaleras hasta una puerta de metal y salió a la intemperie. Hacía mucho frío y se puso a temblar.

Los grandes juegos mecánicos yacían a medio desarmar bajo la luz de la luna. Iván se acercó a la tienda de los patos y vio que había sido reconstruida con tanto cuidado que aun los premios eran los mismos que recordaba: un auto, una lancha de latón, un Batman, un mamut. Tomó la escopeta como para disparar, pero la dejó en su sitio.

Cerca del puesto de tiro, había una tienda con un cartel luminoso donde se leía:

La habitación de Iván Dragó.

La puerta estaba cerrada, pero la ventana cedió. El cuarto tenía ese frío húmedo de las casas que no han sido habitadas en mucho tiempo. Al mirar el cubrecama —barcos y anclas— y el orden de las cosas se dio cuenta de que habían reconstruido su habitación tal como era cuando tenía siete años. Reconoció algunos objetos que había creído perdidos. Cada cosa de su vida pasada encontraba allí su réplica exacta.

Era el cuarto que tenía antes de que participara en el concurso de la Compañía de los Juegos Profundos, antes de que sus padres viajaran en globo y se extraviaran. Era su cuarto tal como estaba antes de que todo empezara a suceder. No podía llorar, porque era una tristeza tan extraña que no había lágrimas que le correspondieran.

Se sacó los zapatos y sin desvestirse se metió en la cama. Más tarde consultaría a Morodian y le preguntaría todo lo que debía preguntarle. Pero, mientras tanto, a dormir. Sin ningún escriba que anotara sus sueños.

LA SALA DE LOS INGENIEROS

Despertó bien entrada la mañana; pero el sol no llegaba a iluminar del todo el Parque Profundo. Sobre los edificios de la compañía había un techo de nubes negras. Iván las tomó por nubes corrientes; más tarde el ingeniero Gabler le explicaría que eran fabricadas por tres chimeneas de ladrillo, encargadas de mantener una nubosidad permanente sobre los terrenos de la compañía. Morodian odiaba el sol. Las nubes provocaban una llovizna constante, que oxidaba los juegos del viejo parque.

Iván regresó al edificio principal. Subió las escaleras sin encontrar a nadie, pero al doblar por un pasillo se encontró de frente con un hombre de barba. Vestía un guardapolvo manchado y tenía el puente de los gruesos anteojos pegado con cinta adhesiva.

—¿Iván Dragó? A usted venía a buscarlo. Me han encargado que lo lleve al departamento de Ingeniería en Juegos.

—¿No puedo desayunar antes? Tengo hambre.

—Ahí tenemos una máquina de café.

—¿Solamente café?

—También hay galletitas. Aquí tiene una.

El hombre sacó de su bolsillo una galletita que tenía la forma del emblema de la compañía: la pieza del rompecabezas de Zyl. El guardapolvo estaba manchado y del interior del bolsillo no se podía esperar una higiene muy estricta. Pero Iván aceptó, agradecido.

El hombre de barba tenía bordado su nombre en el bolsillo del guardapolvo: Gabler.

—¿Ingeniero Gabler? Mi abuelo me habló de usted. Sé que dejó Zyl hace algunos años...

—¡Silencio! —dijo el ingeniero, molesto, mirando a los costados, para saber si alguien los había oído—. No quiero saber nada de Zyl. Esa parte de mi vida está muerta y enterrada. Venga conmigo.

La sala de los ingenieros de juegos era el corazón de la compañía. Estaba dividida en dos secciones: una destinada a los juegos simples y otra a los que exigían alguna clase de mecanismo. Los ingenieros de los juegos mecánicos parecían más agitados, como si fueran prisioneros de las cosas que inventaban. Nunca estaban muy seguros de cómo iban a reaccionar sus inventos, y sus manos temblaban al poner en marcha los mecanismos. Los ingenieros de la otra sección parecían más tranquilos entre tableros, dados, figuras de cartón y reglamentos que no ofrecían peligro.

—¿Por dónde empezamos? ¿Juegos simples o juegos mecánicos?

Iván eligió los juegos mecánicos, y entonces Gabler lo hizo acercar a una mesa.

—Éste es el ingeniero Bachus. No se moleste en hablarle, es sordo. Quedó así después de una explosión, cuando probaba el Juego dinamita. No llegó a fabricarse en serie. Morodian estaba muy entusiasmado, pero después del tercer accidente... En la ciudad todavía existen unos reglamentos ridículos que, con la excusa de proteger a los niños, impiden que desarrollemos nuestra libertad como inventores. Si los chicos no leen las instrucciones, ¿es acaso nuestra culpa?

Bachus ajustaba los tornillos de una máquina que parecía un submarino de bronce y cristal.

—Hace meses que está con la Máquina del tiempo —explicó Gabler—. Pero sus resultados son todavía muy pobres. Tres minutos en el futuro y seis en el pasado, eso fue lo máximo. ¿Cómo va a triunfar un juguete así?

Iván descubrió, cerca de Bachus, una réplica del Cerebro mágico. Una ingeniera de pelo rojo le había sacado el turbante y trabajaba en los mecanismos internos.

—El Cerebro mágico pertenece a Zyl —dijo Iván, indignado.

Gabler se acercó a su oído.

—Morodian está dispuesto a acabar con lo poco que queda de Zyl. Este Cerebro, como verá, obra de la ingeniera Lodd, es mucho más sofisticado que los que se puedan fabricar en Zyl; inclusive, es mejor que el Cerebro mágico original.

Iván pensó con tristeza en el padre de Ríos, entregado a un proyecto destinado al fracaso. Pero Gabler tenía razón: los juegos de Zyl jamás podrían competir con éstos. A pesar de que hacía apenas un día que había dejado Zyl, la ciudad se borraba de a poco, como las rayuelas de las calles, como los muñecos de madera que rodeaban la estación.

Sobre las mesas se acumulaban inventos momentáneamente fallidos o que necesitaban un ajuste. El ingeniero Gabler le contó a Iván qué era cada cosa: un juego llamado La tempestad, que incluía un aparato para producir olas y un barco que terminaba por hundirse; un tablero que constaba de distintos agujeros, por donde ingresaban al juego serpientes marinas impulsadas por un mecanismo oculto, una máquina de hipnotizar... Gabler recitaba los nombres de los juegos futuros: Sombras, Diecinueve vampiros, Mundo subterráneo, El palacio mecánico, Fantasmagoría...

En la pared había una pequeña puerta de metal donde se leía: "BASURA".

—Aquí tiramos todo lo que no nos sirve —explicó el ingeniero Gabler—. Las cosas van a parar al basural de los juegos, una dependencia subterránea. No puedo decirle cómo es porque nunca lo visité. Ahí abajo separan las cosas que nos pueden servir en el futuro. Lo que ayer fue un problema hoy es la solución.

—¿Quiénes trabajan en el basural?

—Cualquiera puede ir a parar ahí. La mayoría son ingenieros o dibujantes que cometieron un error. ¡Yo mismo estuve a punto de ser despachado! Entre los escribas del sueño, sólo uno terminó en el basural, un tal Arsenio. Fue hace años.

—¿Y sigue allí?

—No sé. Es difícil saberlo. No tenemos ningún contacto con los basureros. A lo mejor ya no queda nadie allí y sólo nos hablan de los basureros para asustarnos, para que nos cuidemos bien de no cometer errores.

El ingeniero Gabler abrió la compuerta de metal y preguntó:

—¿Hay alguien ahí?

Y sólo le respondió el zumbido del conducto.

LA MÉTRICA DE LOS SUEÑOS

Después de haberle mostrado la sección de los juegos mecánicos, el ingeniero Gabler condujo a Iván hasta el otro lado de la enorme sala: la sección de los juegos simples. Aquí no había mayores peligros: los ingenieros trabajaban con lápices, gomas de borrar y tijeras. Hacían bocetos que luego, si el juego funcionaba, eran enviados a los dibujantes.

El más viejo de los ingenieros estaba escribiendo a máquina, iluminado por una lámpara de escritorio que proyectaba sobre el papel una luz amarillenta.

—Es el ingeniero Tagle, nuestro máximo especialista en reglamentos —le explicó Gabler—. En un juego siempre hay situaciones insólitas; y Tagle se encarga de que ninguna de ellas deje de ser contemplada. Morodian se ocupa de corregir los reglamentos, porque, según él, Tagle tiene un sentido exagerado de la justicia. La regla de Morodian es que los juegos continúen: si alguien empieza con un juego de cartas, debe desear más cartas, y luego un tablero, y que ese tablero siga en otro...

—Para que los clientes compren más y la compañía gane más...

—Ésa es una crítica simplista que se le ha hecho a menudo a Morodian. Lo que planea el Profundo es la conexión de todos los juegos en un único juego, total y definitivo, que es la obra de su vida. Todos los juegos son partes del Juego.

Iván estaba a punto de preguntar sobre el juego que lo tenía como protagonista, cuando el sonido de una campana lo distrajo. Era un escriba que acababa de entrar y que parecía a punto de dormirse. Llevaba una campana en la mano derecha y una hoja escrita en la izquierda. Era mucho más joven que Razum. Había estado trabajando en la habitación de los sueños de Morodian y pasaba por la sala a mostrar sus resultados.

—Tiene la lapicera encendida, Quinterión —le dijo el ingeniero Gabler. El escriba apagó la pluma luminosa que llevaba atada con una cinta a su cuello. Después cerró los ojos.

Gabler le sacó la hoja que llevaba en la mano y la leyó velozmente. Quinterión no se movió, porque se había quedado dormido. Gabler agitó la mano izquierda del escriba para que sonara la campana, y así logró que el otro abriera los ojos.

—A la cama, Quinterión —ordenó Gabler. El escriba, obediente, abandonó la sala.

El ingeniero Gabler leyó la hoja y se la pasó a Iván.

—Quinterión es un buen escriba, pero no se acostumbra al horario nocturno. Aquí nos ha traído las últimas noticias del sueño de Morodian.

Iván leyó:

Soy el hijo de un triste jardinero
que ayer murió entre ramas de jacinto
sin encontrar el último sendero,
sin hallarle salida al laberinto.

Pero a mí, sin embargo, no me importan
los neblinosos cruces de caminos
ni me asustan las rutas que se cortan.
Para mis adversarios zyledinos

habré de hacer un juego tan profundo
que no sabrán si es de noche o de día
y cuyo secreto abarque todo el mundo.
No irán solos, sino en mi compañía.

—¿Morodian sueña en verso? —preguntó Iván.

—No, lo que pasa es que Quinterión se la da de rimador. ¿Pero cómo puedo saber si el escriba respeta el pensamiento de Morodian? Arsenio, el expulsado, era igual. Prefiero a Razum, que no agrega nada de su cosecha, salvo lo indispensable para hacer inteligibles los sueños.

Gabler volvió a mirar la página.

—Le ha tocado un tema de verdad difícil...

—¿A mí?

—Este juego será su primera tarea. Morodian tiene mucha confianza en usted: es el último heredero de la familia más prestigiosa de... la ciudad que ya sabemos y además ha ganado aquel concurso, en los tiempos en que la compañía estaba a bordo del Trasatlántico Napoleón. ¡Los mejores tiempos, según dicen! Yo todavía no estaba entre ellos...

—Pero aquí habla de la enemistad de Morodian con Zyl. Y yo todavía pertenezco a Zyl...

—Ya se lo dije: no pronuncie ese nombre mientras esté entre estas paredes. Hay que decir: la ciudad de los juegos, o mejor aún, no decir nada. En cuanto al tema, no hace falta ser fiel a todos los detalles, que seguramente fueron inventados por nuestro falso poeta. Lo que importa es conservar la idea del laberinto...

—Entre tantos juegos, ya habrán hecho alguno con laberintos. Con un juego así, Morodian participó en el concurso de... —Iván evitó pronunciar el nombre de la ciudad.

—Hicimos cientos de laberintos. Todo fue a parar al basurero. Nada conforma a Morodian. De todos los temas posibles, a usted le ha tocado el peor. Pero si hace algo bueno, aunque el juego termine en los conductos de la basura, tal vez Morodian acceda a mostrarle su última obra: La vida de Iván Dragó.

—Pero yo tengo derecho a que me lo muestre ahora mismo. Usó mi nombre y mi vida sin permiso.

—¿Sin permiso? ¿Qué significa la palabra *permiso*? Me temo que no figura en el diccionario de Morodian. Además, el juego todavía no está listo. Los que formamos la plana mayor de la compañía tenemos hoy una reunión con Morodian, para avanzar hacia una versión definitiva.

—Yo mismo voy a buscar el juego. No debe de estar muy lejos —dijo Iván, desafiante.

El ingeniero tomó a Iván del brazo y lo llevó fuera de la sala.

—Este mundo parece inofensivo. Dibujantes, escribas, ingenieros. Pero Morodian cuenta con otro departamento técnico: los ejecutores. Los trabajos sucios se los encarga a ellos.

—Hasta ahora no vi a ninguno.

—Están escondidos. Cuando suena la alarma, aparecen.

—¿Cómo puedo reconocerlos?

—Camisa negra y el emblema de la compañía aquí, a la altura del corazón. Pero no tienen corazón. Morodian se ocupa de muchos negocios, y él nunca espera la ayuda de la suerte. Se cubre de posibles riesgos. Quien fabrica dados no confía en los dados.

Iván sintió de pronto un gran cansancio.

—Ahora quisiera dejar todo y volver a Zyl.

Esta vez el nombre de la ciudad no molestó a Gabler.

—A veces también yo sueño con volver. Pero ¿cómo me recibirían? Como un traidor. No tengo más remedio que seguir aquí. Soy un soldado de Morodian.

LA CAJA NEGRA

Era la segunda noche de Iván en el edificio de la compañía. Se sentía extraño en esa réplica de su viejo cuarto: era como estar de vacaciones en el pasado. Desde ahí se veía el edificio principal, con todas sus ventanas encendidas. Nadie se asomaba. Los empleados de la compañía trabajaban sin distraerse, sin mirar el Parque Profundo, ni la llovizna que caía sin parar. A las nueve, las ventanas comenzaron a apagarse y sectores enteros del edificio quedaron a oscuras.

Iván se levantó de la cama y se puso las zapatillas. Afuera, bajo el eterno techo de nubes negras, hacía un frío que llegaba hasta los huesos.

Había entrado en la compañía para saber qué había pasado con sus padres, pero no sabía cómo interrogar a Morodian. Aun en el caso de que llegara hasta él, no tendría modo de arrancarle la verdad. Si había alguna pista, tenía que estar en el juego La vida de Iván Dragó.

Estuvo tentado de visitar la réplica del edificio Possum, que estaba en el fondo del parque, pero se propuso no apartarse de su meta. Caminó entre las máquinas abandonadas del Parque Profundo y llegó hasta el edificio principal. Las escaleras estaban oscuras y tuvo que usar su linterna. Los pasillos, en cambio, permanecían iluminados toda la noche por unos tubos fluorescentes que zumbaban.

Una de las tres puertas de la sala de los ingenieros estaba sin llave. Caminó con dificultad hasta los armarios, tratando de no pisar los obstáculos que llenaban el piso. Algo se quebró bajo sus pies, e Iván temió que el ruido despertara a los ingenieros —había oído que muchos dormían en el edificio— o, peor aún, a los ejecutores. Iván iluminó el primer armario y buscó en los cajones, entre planos y juegos a medio hacer. Pero no encontró nada allí, ni en el segundo, ni en unas cajas de cartón que se amontonaban en uno de los rincones. Decepcionado, cerró los armarios. Era mejor volver a su cama, y mejor todavía, escapar para siempre de la compañía. Le tocaría el timbre a su tía Elena, que feliz por su llegada le prepararía algún plato especial. Recordó las comidas de su tía y decidió que era mejor el peligro.

Imaginó los lugares donde podía estar el juego y supo de inmediato cuál era el mejor sitio para buscar: el peor. Tenía que abrir la caja negra que estaba bajo la cama de Morodian.

Subió y bajó escaleras y se creyó perdido, pero encontró la biblioteca y pudo reconstruir el camino hacia el cuarto de Morodian. En todo ese trayecto no se cruzó con nadie. Ahora estaba frente a la enorme habitación de los sueños. Antes de que tuviera tiempo de espiar el interior del cuarto, oyó una discusión. Las voces se superpusieron hasta que sonó la voz segura de Morodian, que borró a las demás.

—No, señores. Nuestra influencia en La vida de Iván Dragó tiene que llegar sólo hasta cierto punto; el resto le toca a él. Si quiere convertirse en mi heredero, así se hará; si prefiere ser fiel a Zyl y encontrar su fin en la compañía, así será también. No podemos terminar el juego antes de tiempo.

Iván se quedó paralizado al oír la palabra "fin". Estuvo a punto de interrumpir para preguntar qué significaba. Asomó la cabeza dentro de la habitación de los sueños. Morodian estaba sentado en un sillón, conversando con cinco empleados. Iván reconoció a Gabler, a la ingeniera Lodd y a Tagle, el especialista en reglamentos, que tosía y tomaba notas. Había dos más, cuyas caras no alcanzaba a ver. No se veían rastros de ningún escriba.

Las palabras de Morodian hicieron que todos hablaran a la vez. Al parecer, Gabler se inclinaba por un final provisorio:

—No es necesario que el juego alcance su fin. Basta con un continuará, como en las viejas historietas, o como en tantos juegos que construimos.

—No —dijo un desconocido—. Un fin absoluto. Una catástrofe. Éste debe ser el juego definitivo de la compañía.

Iván aprovechó el ruido de la conversación para deslizarse bajo la cama. Pasó por encima de las revistas de historietas y de las hojas mecanografiadas hasta llegar a la caja de madera negra. Levantó la tapa unos centímetros y espió el interior con su linterna.

Era un mundo en miniatura, semejante al tablero que había visto en el televisor, pero no igual. Ésta era una versión más avanzada del juego, porque las figuras que había visto pintadas sobre el tablero aquí eran piezas que podían moverse de lugar.

Además, no había un único tablero, sino distintas capas que se desplegaban y que obligaban a ramificar la aventura original. Parecía un juego largo; un juego que podía comenzar a la tarde y terminar a la madrugada.

En una cavidad se guardaban cinco dados, todos diferentes. Un dado común, uno rojo, con letras en lugar de números, uno azul, con signos extraños, otro dado de ocho caras, y un último dado transparente, lleno de líquido, en cuyo interior flotaba otro dado diminuto. Entre las piezas había un caballo negro de mármol, nueve figuras de luchadores, una réplica del colegio Possum, un globo que flotaba si se le dejaba suelto...

"Zyl", pensó. "Estás perdida, ciudad de los juegos... Nadie va a hacer nunca algo como esto."

Tardó en reconocer que cada pieza, cada casilla, formaban parte de su vida. Que cada una de las cosas importantes que le habían pasado estaba allí representada.

Faltaba saber algo. ¿Cómo terminaba el juego? ¿Hasta qué momento habían copiado, o planeado, su vida?

La caja era muy pesada. Cuando trató de levantarla, golpeó contra el piso.

—¿Qué es ese ruido? —preguntó Morodian.

—Debe de ser otro libro que quedó fuera de la biblioteca —dijo Gabler, quién quizá sospechara la presencia de Iván y quería salvarlo.

—Entonces lo convertiré en pulpa de papel.

Y tendiendo sus manos blancas avanzó hacia la cama. Iván, asustado, renunció a llevarse la caja. Salió de bajo de la cama y escapó de la habitación.

Mientras corría, oyó que los altoparlantes de los pasillos anunciaban:

—Un intruso ha entrado en el edificio principal. Todos los ejecutores salgan en su búsqueda. Conduzcan al intruso ante el Profundo. Repito: todos los ejecutores...

Desde el fondo de los pasillos y desde lo alto de las escaleras se oía el ruido de las botas que golpeaban contra el suelo con un paso marcial. Iván se maravilló de cómo el edificio, desierto hasta hacía unos minutos, ahora era invadido por perseguidores salidos de la nada. A su alrededor todas las puertas estaban cerradas con llave. Volvió a la sala de los inventos.

—¡Veinticuatro y treinta y dos, busquen en la sala de ingenieros! —rugieron los altoparlantes.

Sabía que no podía esconderse en los armarios, porque era el primer sitio donde buscarían. Entonces corrió hasta el fondo, abrió la puerta de la basura y se asomó al conducto negro que llevaba hacia los sótanos. Deslizó todo su cuerpo por la abertura, sosteniéndose del borde para no caer. Cuando la puerta metálica se cerró sobre sus dedos, dio un grito de dolor y se soltó.

Y así cayó por el conducto de basura hacia las regiones inferiores de la compañía.

LOS SÓTANOS DE LA COMPAÑÍA

Aterrizó en una montaña de deshechos y se hundió entre cajas de cartón, piezas de madera y tableros rotos. El golpe provocó un derrumbe de parte de la montaña, e Iván se vio arrastrado y luego sepultado por la basura.

Una mano lo tomó de los cabellos y lo levantó. Iván contuvo un grito de dolor. Los lentes redondos agigantaban unos ojos grises en los que sólo se veía cansancio. El hombre llevaba la misma levita de los escribas, pero hecha jirones.

—Extraño juguete —dijo el escriba—. Estropeado, eso es seguro.

—No soy un juguete —dijo Iván mientras se sacudía la ropa, llena de polvo y pedazos de papel y virutas de lápiz.

—Entonces, ¿qué es? ¿Dibujante, ingeniero, escriba? ¿O acaso ya abrieron el parque y es uno de los tantos niños que sueltan las manos de sus padres y se pierden en las aglomeraciones?

—Me estaba escondiendo de los ejecutores.

—Un intruso, entonces... Pero déjeme ver... Lo reconozco... Usted es Iván Dragó. Tiraron cientos de juegos que lo tenían como protagonista. Por una cosa o por otra, esos juegos siempre fallaban. Tengo entendido que ahora llegaron a la versión final de su juego.

El otro le tendió la mano.

—Me llamo Arsenio, soy escriba. Era escriba, en realidad...

—Me contaron su historia... —dijo Iván mientras miraba a su alrededor. En los estantes que cubrían las paredes se veían juegos en cajas de cartón pegadas con cinta adhesiva y mecanismos cuyas piezas estaban atadas con piolines y alambre. Contra una pared había un archivo de madera con diez cajones. Frente a cada cajón había una etiqueta.

—Además de los inventos fallidos, tiran documentos que han servido para hacer los juegos. Me tomé el trabajo de ponerlos en orden. ¡Aquí abajo hay tan poco que hacer! Le he dedicado un mueble entero a la vida de Iván Dragó.

—¿Puedo mirar?

—Por supuesto. Es su vida, después de todo.

Iván se acercó al mueble y abrió el primer cajón. Los papeles estaban clasificados alfabéticamente. Unas tarjetas de cartón amarillento servían para separar una letra de otra.

Descubrió la historia del colegio Possum, el plano de la casa de sus padres, una lista de sus calificaciones escolares, informes sobre sus amigos Lagos y Ríos, en los que reconoció los errores de ortografía de Krebs. En la letra N encontró una hoja destinada a la niña invisible.

—¿Desde cuándo Morodian está interesado en mí?

—Desde que envió su juego al concurso. Entonces decidió seguir sus movimientos a través de los años para hacer un juego con su vida. Pensaba que acabaría consiguiendo que fuera uno de los nuestros. Ésa era para él la victoria absoluta sobre Zyl. Pero llegó un momento en que no se contentó con observar, y decidió él mismo participar del juego.

—¿Y cómo participó?

—Comenzó a influir desde la distancia sobre los hechos de su vida. Supongo que usted ya habrá notado esas interferencias...

Pero Iván ya no lo escuchaba. Había encontrado en el archivo un sobre blanco y estaba leyendo lo que contenía. Sus manos empezaron a temblar.

—Esa caída fue muy dura —dijo Arsenio—. Es mejor que se siente aquí. Le haré una taza de té.

Arsenio le trajo una silla armada con miles y miles de naipes de distintos mazos que habían sido pegados entre sí, hasta formar una masa compacta. Iván se sentó y empezó a estudiar la hoja de papel que había sacado del archivo.

Era la carta que le había dejado a su madre antes de que partiera en el globo. La carta donde le ofrecía disculpas por la bailarina rota. Iván se había quedado mudo, con los ojos clavados en el papel. Cerca de él, se enfriaba la taza de té.

—Si Morodian tenía esta carta, entonces sabe lo que le pasó a mis padres —dijo Iván para sí al cabo de un rato, y se levantó con urgencia.

—¿A dónde va? —le preguntó Arsenio.

—Tengo que hablar con Morodian —dijo Iván, mientras echaba a caminar hacia la entrada de un túnel que conectaba con otros sectores del sótano.

—Venga aquí. Por ahí no se va a ningún lado. Además, si los ejecutores lo perseguían hace un rato, todavía lo están esperando. No se cansan; siguen cumpliendo una orden hasta el momento en que Morodian les dice que se detengan.

—Tengo que obligar a Morodian a que me diga la verdad —dijo Iván. Quería que su voz sonara convencida, pero el temblor llenaba sus palabras de signos de interrogación.

Arsenio lo invitó a sentarse nuevamente.

—¿Sabe por qué me echaron? Porque de tanto anotar sueños, aprendí a manejar los sueños de Morodian. Ya en la época del Trasatlántico Napoleón, antes de que nos afincáramos aquí, había descubierto cómo obligar a Morodian a soñar lo que yo quisiera. Los otros escribas se dieron cuenta y forzaron a Morodian a desterrarme. Pero no he perdido mi arte. Morodian me teme todavía.

Arsenio buscó entre las cajas una libreta azul. Había llenado cada página con su letra minúscula, hasta los márgenes.

—Si se hace sonar una cuchara de plata contra una copa de cristal, Morodian sueña que ha vuelto al trasatlántico. Si se quema una rama de laurel, sueña que está en su cuarto, tiene quince años y oye la voz de su madre, que lo llama a comer. Si se acerca un reloj de bolsillo a su oído izquierdo...

—No me importan los sueños de Morodian. Quiero que esté despierto cuando le pregunte lo que tengo que preguntar.

Arsenio borró con un gesto la interrupción de Iván.

—Si se acerca un reloj de bolsillo a su oído, entonces sueña con su padre.

—¿Para qué quiero que sueñe con su padre, que murió hace tanto tiempo?

—Tal vez a él le diga la verdad.

Iván pensó en el plan. Tenía sus dudas, pero no había ninguno mejor.

—¿Dónde puedo sacar un reloj de bolsillo?

Arsenio le dio el suyo. Estaba atado a una larga cadena. Al apretar un botón se abría la tapa. Lo acercó a su oído. El tictac sonaba con absoluta claridad, como si no fuera sólo el ruido de la máquina, sino la verdadera voz del tiempo.

—Pero una vez que lo haya usado, tiene que devolverlo. Bastará con echarlo en el conducto de la habitación de Morodian. Todos los toboganes de la basura llegan hasta aquí.

Arsenio también le dio la libreta azul donde estaban anotadas las instrucciones para manejar el sueño de Morodian. Apenas Iván guardó el reloj y la libreta en sus bolsillos, se oyó un gran estruendo en la montaña de desechos. Dos ejecutores habían caído desde lo alto.

Uno se incorporó de inmediato, pero el otro no, porque había recibido el peso de su compañero y tardó unos segundos en recuperar el equilibrio. Entonces los dos a la vez, en un movimiento que parecía largamente ensayado, iluminaron con sus linternas la cara de Iván.

FRENTE A MORODIAN

Iván apenas tuvo tiempo de esconder entre sus ropas la libreta y el reloj. Los ejecutores lo arrastraron a través del sótano. Habían guardado sus linternas, pero de tanto en tanto sacaban de los bolsillos de su uniforme unos dados que arrojaban contra la oscuridad. Al golpear contra el suelo, los dados se encendían: algunos despedían una luz verde; otros, amarilla o azul.

Al final del camino había un ascensor de reja. Iván miró hacia atrás el largo camino que había hecho, iluminado por los dados de colores. Era un buen juego, ¿por qué había fracasado? Nuevos juguetes reemplazaban a los viejos, y en todas partes sucedía así, excepto en Zyl. La ciudad no se resignaba a que los viejos juegos desaparecieran, y por eso ella misma acabaría por desaparecer.

Unos minutos después Iván estaba en la habitación de los sueños de Morodian. El Profundo estaba despierto y daba grandes pasos de un lado a otro del cuarto. Sus pasos eran tan enérgicos que el cuarto parecía agrandarse a medida que lo recorría, como si las paredes, temerosas, retrocedieran.

—Prometió un laberinto. ¿Dónde está su juego, señor Dragó?

La voz de Iván sonó menos que un susurro:

—Trataba de encontrar ideas.

—¿Allá abajo? Ahora sí necesitará ideas. Encerrado y sin comida hasta que me traiga un resultado.

Iván pensó detenidamente las palabras adecuadas. Respiró hondo.

—Vengo de Zyl. Usted conoce bien la ciudad. Cuanto más se hunde, más se habla de la Compañía de los Juegos Profundos. Para mí es un honor haber llegado hasta aquí. Pero siento que todavía no entré a la compañía. Que falta algo...

—Ya está aquí. Tiene su propio juego. Es uno de nosotros y además tengo grandes planes para usted. ¿Qué más puede pedir?

—Lo que más quiero es ser, por una noche, por un rato, un escriba del sueño. Poder oír cómo surgen esas frases que alimentan a la compañía y que se convierten en juegos que luego infectan la imaginación de miles de niños...

—Imposible. No hay cargo más apreciado... Se necesitan años de estudio. Si dejo que usted, sin experiencia, se convierta en escriba, pronto tendré a todos esos aburridos dibujantes y a esos patéticos ingenieros pidiendo lo mismo.

—Es algo que usted me debe por haber usado mi nombre para su juego.

Los ejecutores que rodeaban a Morodian se apartaron con temor. Sabían reconocer la ira del Profundo.

—¿Algo que yo le debo? —Morodian golpeó con fuerza el piso con su pie—. Su nombre está en un juego de la compañía: no hay honor más grande para usted. Además, ése es el premio que ganó por haber participado en aquel concurso.

—Nunca me avisaron de ningún premio.

—Ahora lo sabe. A la larga siempre nos enteramos de las cosas que importan.

Iván estuvo a punto de preguntar por sus padres, pero sabía que por ese camino no llegaría a ningún lado. Probó con un tono de humildad.

—No pido ser un verdadero escriba. Será sólo un juego. ¿No es éste el mejor lugar para jugar?

—Pero no hay nada más serio que los juegos. A través de los juegos nos arruinamos la vida. A través de los juegos conquistamos el mundo.

—Tengo mis razones para insistir. Hace muchos años, cuando todavía vivía en Zyl...

—No pronuncie ese nombre. Sólo yo puedo mencionar la ciudad odiada —dijo Morodian, e Iván creyó que lo echaría en ese mismo instante.

—...usted hizo un juego sobre el laberinto. Yo lo vi, pero no llegué a entenderlo.

Ahora Morodian parecía más interesado.

—¿Vio mi juego? ¿Acaso entró en la casa...? —Morodian se llevó la mano a la esfera de cristal con la pieza del rompecabezas en su interior.

—Quise saber cómo era la casa de su niñez. Y entré.

—Mis informantes no me dijeron nada de eso.

—El laberinto tiene un significado especial para usted, está mezclado con su pasado. Necesito asomarme a ese mundo.

Morodian pensó en las palabras de Iván. Era tal la fuerza de sus pasos, que cuando se quedaba quieto, el

piso seguía retumbando, como si otro invisible Morodian prosiguiera su marcha.

Iván insistió:

—Quiero oír yo mismo las palabras de los sueños,
sin ningún escriba que haga de intermediario.

—Sólo por esta vez. Diez minutos bastarán. Y más
vale que sea el mejor juego que me hayan presentado jamás. Un juego digno de quien ganó el premio de la
Compañía de los Juegos Profundos.

Los ejecutores llevaron a Iván a su cuarto y cerraron
la puerta con llave.

EL SILENCIO

Durante el resto del día Iván estudió la libreta azul de Arsenio, para aprender a manejar los sueños de Morodian. Memorizó las instrucciones que mejor correspondían a sus planes. Las palabras de Arsenio eran difíciles de entender. Fiel a su consejo de actuar de un modo indirecto, sus explicaciones eran también indirectas. Nunca antes en su vida Iván había estudiado algo con tanta atención.

A la noche dos ejecutores lo fueron a buscar. Iván tenía la esperanza de que lo pusieran frente a un plato de comida, pero lo dejaron a la puerta de la habitación de los sueños de Morodian. Un ejecutor le entregó una lapicera luminosa.

La silla destinada a los escribas estaba vacía e Iván tomó su lugar junto al Profundo. Morodian dormía con sueño pesado y parecía imposible que algo le hiciera decir una sola palabra. Por primera vez los dos inventores de juegos quedaron a solas.

Encendió la lapicera, que iluminó con un círculo nítido la libreta de Arsenio. Desde su bolsillo le llegaba el tictac del reloj. Estaba a punto de acercarlo al oído de Morodian, cuando el Profundo giró bruscamente. Iván dio un salto. Cuando vio que no se había despertado, acercó el reloj al oído izquierdo del durmiente.

Al principio, Morodian sólo manifestó una ligera molestia. Pero después:

—Ya voy, padre.

La voz de Iván era un susurro:

—¿Dónde están mis...? ¿Dónde están los padres de Iván Dragó?

Pasaron unos segundos hasta que se oyó la voz de Morodian, que no parecía provenir del cuerpo dormido, sino de la habitación misma:

—Preguntas no. Nada de preguntas.

¿Cómo podía saber algo sin preguntar? Buscó en las manoseadas páginas de la libreta los consejos de Arsenio:

Cuando al profundo sueño interrogamos,
de nada sirve pronunciar palabra.
La pregunta a las cosas les dejamos,
que susurre la pluma: Abracadabra.

Sobre la mesa de luz había hojas de papel. Iván comenzó a dibujar círculos con la pluma, para que Morodian oyera el rasguido. Al cabo de un rato, la respiración de Morodian se hizo más suave. Se aclaró la garganta, como quien se prepara a hablar.

Los consejos de Arsenio continuaban:

Siempre el significado está escondido.
Nunca sé cuál respuesta es la que evoca

cada cosa en la cabeza del dormido.
Pero de pronto el sueño abre la boca.

De esta lengua no existen diccionarios,
hace tiempo quedaron extinguidos
al igual que los grandes dinosaurios.
Sólo en la acción se muestran los sentidos.

Iván leyó por encima unas cuantas estrofas, como si buscara, entre tantas palabras, una que brillara: el consejo exacto para conseguir la verdad. Pero las cosas no eran tan fáciles. Pronto llegó a las últimas líneas, y le sorprendió que le estuvieran destinadas, como si Arsenio hubiera escrito aquella libreta sólo para él, mucho antes de conocerlo.

No confíes en el hechizo que desvela
a los que buscan un idioma puro.
Muérdete la lengua hasta que duela
y haz del silencio el único conjuro.

Así, querido Iván, yo me despido.
Algo tengo en la garganta: un nudo.
Los consejos acaban. Sólo han sido
secretas reglas de un oficio mudo.

La libreta había llegado a su fin y lo había dejado solo. Ya había usado el reloj y había usado la pluma y no le quedaba nada más. Entonces recordó la carta que tenía en su bolsillo y la hizo crujir entre sus dedos.

Las palabras de Morodian echaron un aliento frío sobre la habitación.

—No quería destruirlos. Sólo mantenerlos apartados, para que él regresara a Zyl, para que jugara el juego de su vida según mis planes. Que aceptara la herencia de Zyl y luego se pasara a la compañía.

Estaba prohibido hablar, pero Iván habló:

—¿Por qué sin padres?

—Tenía muchos libros en mi casa, libros de viejas colecciones. Tapas azules y páginas amarillentas. Y si algo aprendí de esas novelas, es que todos los héroes son huérfanos.

¿Y, ahora, cómo preguntar? No tenía una caja llena de hojas secas, ni algún perfume exótico que provocara evocaciones repentinas, ni la pluma de un pájaro ni un puñado de arena para derramar sobre las manos de Morodian. Pero el diálogo ya había comenzado, y una corriente de aire llegó desde alguna parte para tomar su lugar en el interrogatorio. Y arrancó al Profundo algunas palabras:

—Saboteamos el globo, para que se perdieran. Pero el globo subió demasiado rápido, y el viento lo arrastró hacia las montañas. Se congelaron en un segundo. Envíe una expedición a ver qué había pasado. Sólo trajeron de regreso la carta que ella tenía en la mano.

Iván plegó con cuidado la carta. Le costaba comprender que él mismo la había escrito y no otro, un niño de una antigua civilización perdida.

Odió al hombre dormido y deseó odiarlo aún más, pero le faltaban fuerzas. La carta, abandonada en su mano, pesaba como si fuera un cofre repleto de una mercancía fabulosa.

Morodian estaba por decir algo más cuando el escriba Razum entró en la habitación.

—Ya es tiempo, señor Dragó —dijo en un susurro.

Iván escondió la libreta en el bolsillo. Recordó el encargo de Arsenio y dejó caer el reloj y las instrucciones en uno de los conductos que llevaba al basurero.

—¿Logró sacarle alguna palabra? —preguntó Razum, con aire de suficiencia—. Imagino que no. Éste es un trabajo muy difícil. No es para improvisados.

—A pesar de mi inexperiencia, algo conseguí —dijo Iván.

Se acercó al durmiente. Hubiera querido aplastar la cabeza de Morodian con algún arma extraordinaria, pero se conformó con tomar la cadena de su cuello. Allí estaba la pieza que faltaba al rompecabezas de Zyl, encerrada en una esfera de cristal. El tirón sacudió el cuello de Morodian y ya no hubo sueño en la habitación de los sueños.

El escriba cerró los ojos con horror.

Morodian abrió los ojos con ira.

EL DESPERTAR

Ahora todo había despertado. Había despertado Morodian, pero también cada uno de los ejecutores, y los ingenieros y dibujantes y todos aquellos que vivían en la Compañía de los Juegos Profundos. En los pasillos sonaba la voz del jefe de los ejecutores, que daba órdenes en una dirección y en otra, y las contradictorias instrucciones aumentaban la furia y la energía de la persecución.

Iván, que había salido corriendo de la habitación rumbo a las escaleras centrales, se escondió en la biblioteca. El falso Iván lo miró sin sorpresa.

—Necesito que los distraigas —le pidió, sin dar más explicaciones.

—No puedo. Yo trabajo para Morodian.

—Yo, en tu lugar, me ayudaría.

—Pero yo no soy un verdadero Iván. Soy un Iván profesional. Por eso estoy obligado a dar la alarma. Apenas termine de anotar el nombre de este libro, avisaré que estás aquí.

—¿Hay mucho para anotar?

—No, está casi terminado.

Escribió las últimas palabras y dejó la pluma.

—Hora de avisar —dijo el falso Iván.

—En ese caso te ayudo.

Iván trepó a la escalera de madera que llevaba a los estantes y comenzó a tirar al suelo los libros. El golpe los hacía rebotar y en el aire desperdigaban sus tesoros.

—¡La advertencia, la advertencia! —gritaba el falso Iván, mientras señalaba el cartel en la pared.

Pero ya era tarde. El escarabajo verde corría de una pared a otra en busca de la salida. Un libro llamado *Zeppelin* se había inflado de golpe y ahora flotaba hacia la lámpara de la biblioteca. Otro volumen abría la boca y echaba una llamarada entre dientes de dragón. Sobre el piso de madera libros-trompos giraban enloquecidos.

La *Gran enciclopedia de las aguas del mundo* inundaba la sala. Desde el estante más alto, cayeron ejemplares chinos sobre fuegos artificiales, que llenaron la biblioteca de destellos, olor a pólvora y estruendo. Algunos libros combatían con otros, chocaban en el aire o en el suelo, y se arrancaban sus páginas hasta deshacerse.

Cuando los ejecutores irrumpieron en la sala, los libros cayeron sobre ellos. Se vieron rodeados por la niebla de Londres, mordidos por diminutos cocodrilos africanos, fulminados por el rayo de Zeus. Iván aprovechó para escapar de la biblioteca. Un pequeño batallón de libros se empeñó en seguirlo.

Hubiera querido llevarse algunos en su fuga, pero las historias terminaban de improviso. Una saltaba por una ventana, otra era pisada por un ejecutor, la última quedó consumida, por su propio fuego. Sólo le quedaba la suya para continuar.

Como en el edificio todos los caminos estaban bloqueados, escapó hacia el parque. Allí estaban los actos de su vida: la tienda del tiro de patos, el colegio Possum listo para hundirse, la réplica del museo de Zyl. Todas las cosas que había vivido y que ahora se levantaban ante él para encerrarlo.

Sólo había una salida: el globo. Agitado levemente por la brisa, parecía querer abandonar los lazos que lo ligaban a la tierra. El ojo miraba hacia lo alto. Nada podía darle más miedo a Iván, pero no había otra salida. Antes de saltar en la canasta quebró el cristal del amuleto, y con el filo comenzó a cortar las cuatro sogas que amarraban el globo.

Sólo faltaba cortar una soga, pero no llegó a completar el trabajo: ante él estaba Morodian.

—¿No nos había prometido un juego, señor Dragó?

Iván casi no tenía aire para hablar.

—Éste es el juego —dijo Iván. Y con un gesto señaló todo: el desorden que había dejado a sus espaldas, los libros fugitivos, los primeros empleados de la compañía que llegaban agitados y los rodeaban, a la espera de un final.

—El juego debía tener la forma de un laberinto. Un laberinto es un lugar donde uno se pierde. Y todavía no me siento perdido.

Sin dejar de cortar la soga, Iván respondió:

—Todavía está a tiempo de perderse.

Morodian caminó hacia Iván. La llovizna eterna que caía de las nubes artificiales ahora era más fría. Los ojos enloquecidos del Profundo lo asustaron: se dio cuenta de que Morodian había encontrado el final perfecto para el juego. Las manos blancas con sus dedos aguzados como garras ya buscaban desde lejos su cuello. En pocos días más, imaginó, saldría a la venta la caja negra: el juego de La vida —y también de la muerte— de Iván Dragó.

Asustado, Iván se apartó del globo y tomó una de las escopetas para cazar patos. Morodian no pareció intimidado por el arma.

—Aquí todos conocemos su historia, día por día. Somos expertos en sus desdichas. Tenía siete años cuando visitó el parque. Disparó cinco tiros a unos patos que se movían muy lentamente y a los que cualquiera hubiera acertado. Y no ganó nada. Sólo un premio consuelo. No es a la puntería de Iván Dragó a lo que temo.

Iván bajó la escopeta. Morodian tenía razón. A nadie asustaría con su mala puntería. Jamás daría en ningún blanco. No servía para eso. Pero ¿qué pasaba si apuntaba a cualquier otro lugar? ¿Qué pasaba si se disponía a errar el tiro?

Todos los soldados de Morodian estaban allí. Ejecutores, dibujantes, ingenieros, al ver a su señor, habían dejado de actuar: ahora miraban con curiosidad los acontecimientos. Los altoparlantes estaban mudos. Todos estaban a la espera del tiro al blanco.

—Dispare —ordenó Morodian—. Hace años que los premios esperan en los estantes el tiro ganador.

Iván apuntó. Pero no a Morodian. Apuntó para errar. Cuando hizo fuego, la escopeta de latón se sacudió y saltó de sus manos.

Morodian dio un alarido y se llevó la mano a su ojo derecho. Antes de que recuperara la visión, Iván saltó al interior del globo.

Con el brazo izquierdo tendido hacia adelante, Morodian buscó a Iván. Enceguecido, tropezó con alguna de las piezas de chatarra que se acumulaban en los senderos del parque. Había acostumbrado a sus hombres a extrañas representaciones bajo la llovizna helada: representaciones que tenían como destino el juego. Y al ver la escena, pensaron que era uno más de aquellos espectáculos, cuyo sentido sólo Morodian podía comprender. Por eso se quedaron quietos, esperando instrucciones. Pero la única orden de Morodian era el grito de dolor. Nadie sabía cómo interpretar ese aullido interminable.

Iván terminó de cortar la soga que faltaba y el globo se sacudió. Cerró los ojos y dejó que un terror vertical lo invadiera. El globo subió lentamente y atravesó las nubes negras, que antes habían borrado el cielo y que ahora borraban el Parque Profundo. Desde abajo, en un vano intento de alcanzarlo, se levantaba el grito de Morodian.

OTRO TIRO DE DADOS

Quien haya visto algún modelo de El juego de Iván Dragó (así se llamó finalmente) observará que no está
fabricado por la Compañía de los Juegos Profundos. Una
leyenda en su base dice *Hecho en Zyl*. Después de ese juego se hicieron otros, y algunos talleres abandonados
volvieron a funcionar, y las cajas con la nueva versión
del Cerebro mágico se amontonaron de nuevo en los
vagones de carga. Gracias a El juego de Iván Dragó, la
ciudad renació.

El juego cuenta sólo una parte de la historia: termina con la partida del globo, pero nada dice de cómo se
enganchó en la veleta de una casa, a poco de salir del
Parque Profundo. Nada del viaje de Iván hasta la estación de Zyl, ni de su llegada al amanecer, cuando sólo
las despintadas figuras de madera salieron a recibirlo.
Nada de su lento paseo hasta el museo con el talismán
en su bolsillo. Entró por una ventana, sin hacer ruido,
para no despertar a Zelmar Cannobio. Tuvo que hacer
presión para que la pieza encajara en su lugar. Ahora el
rompecabezas estaba completo, y el tatuaje en su mano

ya no era la marca de lo que faltaba, sino la señal de lo que había logrado.

Pero ¿dónde termina exactamente El juego de Iván Dragó? Las reglas no están del todo claras y muchos jugadores siguen la partida aun más allá de esa última casilla. A veces pierden el globo en medio de discusiones: sube y sube y no lo recuperan; en vano lo persiguen mientras se lo tragan las nubes o la noche.

Otros, los más exquisitos, dicen que el juego que importa no es el del tablero ilustrado, sino el primero, el del concurso, la página vacía que cada uno completa con su dibujo, sus planes o sus sueños. Dicen que el verdadero juego es esa página en blanco.

Las conversaciones sobre el juego son más largas que el juego, y sólo se terminan a la madrugada.

Tiremos los dados otra vez.

ÍNDICE

Este libro se terminó de imprimir en el mes de noviembre de 2014,
en Corporativo Prográfico S.A. de C.V. Calle Dos No. 257, Bodega 4,
Col. Granjas San Antonio, C.P. 09070, Del. Iztapalapa, México D.F.